ÜBERLEBENSPROGRAMM

Autor

Dieter Rieken arbeitet als PR-Manager in der IT-Branche und schreibt in der Freizeit Science-Fiction-Erzählungen. Geboren und aufgewachsen in Norden, Ostfriesland, studierte er in Bamberg, Berlin und Kiew Germanistik und Slawistik, bevor er sich 1991 in Augsburg niederließ, wo er unter anderem als freier Journalist, Redakteur und Filmfestivalmacher tätig war. Er publizierte Gedichte und Kurzgeschichten in Anthologien sowie zahlreiche Artikel in Fachzeitschriften, Büchern und anderen Print- und Online-Medien. 2018 veröffentlichte er bei BoD das Buch *Überlebensprogramm*, eine Sammlung seiner besten Erzählungen, die Leser und Kritiker gleichermaßen begeisterte. 2020 erschien bei p.machinery das Buch *Land unter*, eine Mischung aus Zukunfts-, Kriminal- und Heimatroman.

DIETER RIEKEN

Neuausgabe

ÜBERLEBENS-PROGRAMM

SCIENCE-FICTION-ERZÄHLUNGEN

Neuausgabe

Bibliografische Information der Deutschen Nationalbibliothek:
Die Deutsche Nationalbibliothek verzeichnet diese Publikation
in der Deutschen Nationalbibliografie; detaillierte bibliografische Daten sind im Internet über dnb.dnb.de abrufbar.

4. überarbeitete Auflage, September 2021
© 2018 by Dieter Rieken
Herstellung und Verlag:
BoD - Books on Demand, Norderstedt
Satz: Rolf D. Richter
Umschlaggestaltung: Dieter Rieken
unter Verwendung eines Bildes von Pixabay

ISBN: 978 3 7481 8272 6

INHALT

43 METER

1

»*Was fängst du mit deinem Leben an, wenn dir jemand deine Zukunft stiehlt?*«
Lisa Resslers Tagebuch

In den mattschwarzen Konsolen der Instrumente tickte irgendwo eine Uhr. Ein echtes Relikt aus vergangenen Zeiten, dachte Lisa Ressler. Das rhythmische Geräusch des Sekundenzeigers machte sie noch nervöser, als sie ohnehin schon war.

Vor wenigen Minuten erst war Marc Roland, der junge Funker, mit der beunruhigenden Nachricht durch die Tür gestürmt: Krieg! Es sah jedoch so aus, als hätte diese Mitteilung Beller, die Kommandantin der *OceanOrbiter*, überhaupt nicht berührt.

Roland warf Ressler einen resignierten Blick zu. Er zuckte die Achseln und ging wieder in den Funkraum zurück.

Beller gab nun ein Knurren von sich und beugte ihren muskulösen Oberkörper ein wenig vor. Sie griff nach der schwarzen Dame und bedrohte damit Resslers Läufer von A5 aus. Anschließend ließ sie sich in den Sessel zurückfallen und senkte wieder den Blick.

Draußen auf der schmalen Stahltreppe waren Stimmen zu vernehmen. Eine davon gehörte Malraux, dem französischen Wissenschaftsminister, der für einige Tage Gast der Station war. Er und ein zweiter Mann näherten sich mit schweren Schritten der Tür.

Kurz darauf betrat der Regierungsvertreter in Begleitung eines Soldaten die Leitstelle des Habitats, die von der Besatzung nur »Turm« genannt wurde. Der untersetzte Mann baute sich schnaufend vor dem kleinen Spieltisch auf und stemmte die Fäuste in die Seiten.

»Ich habe gerade erfahren, was passiert ist. Wie können Sie noch so ruhig dasitzen!«, herrschte Malreaux die Kommandantin an.

Beller reagierte nicht auf den Vorwurf.

In diesem Augenblick kam Roland, das Headset um den Hals, zum zweiten Mal herein. Er ließ die Tür hinter sich offen, sodass alle die Übertragung mithören konnten.

Von vielerlei Störgeräuschen begleitet, spuckte der Lautsprecher die jüngsten Nachrichten in den kleinen Raum: Bombenangriffe auf russische Raketenbasen, Vergeltungsschläge gegen die NATO-Partner in Europa, Kriegserklärungen hier, allgemeine Mobilmachungen dort. Dazu unbestätigte Meldungen über die ersten Einschläge von Atomwaffen.

»Ich fürchte, da oben geht es jetzt richtig los«, bemerkte Roland mit heiserer Stimme. In dem gedämpften Licht glänzten Schweißtropfen auf seiner Oberlippe und an seinen Schläfen.

Beller starrte weiterhin scheinbar unberührt auf das Schachbrett. Ressler dagegen trafen die Neuigkeiten tief. Seit dem Streit der Großmächte um Waffenlieferungen und Truppenentsendungen in die Golfstaaten war die weltpolitische Lage äußerst angespannt gewesen. Einer Meldung von vorgestern zufolge hatte ein Manöver in den baltischen Staaten erstmals zu einer direkten bewaffneten Konfrontation geführt. Der Beschuss russischer Stellungen sei ein Irrtum gewesen, hatte es aus den USA geheißen. Aber auch die Beteuerungen des Präsidenten, wie üblich über die sozialen Medien verbreitet, hatten nicht verhindern können, dass am Vortag ein Gegenschlag von russischer Seite erfolgt war.

Seitdem waren unter der Besatzung der Station viele Vermutungen und Gerüchte kursiert, was als nächstes passieren würde. Jetzt stand fest: Da draußen begann der Krieg, vor dem sich die Menschheit seit Mitte des vorigen Jahrhunderts gefürchtet hatte. Es konnte nicht mehr lange dauern, bis die Welt, wie sie sie kannten, nicht mehr existierte.

»Stellen Sie das leiser!« In Bellers Stimme schwang ein gereizter Unterton mit.

Vier Augenpaare richteten sich auf ihren kurz geschnittenen, grauen Haarschopf, bis sie aufsah und die Blicke bemerkte. Sie schien darin zu lesen, was hinter den Stirnen der anderen vorging.

Malraux rang nach Luft. Er konnte sich nicht länger zurückhalten. »Ich finde, wir sollten jetzt –«

»Das haben wir doch schon seit Wochen befürchtet«, äußerte sich die Kommandantin ruhig und schnitt dem Minister damit das Wort ab. »Oder etwa nicht?« Der Reihe nach sah sie die anderen an und senkte, da ihr keiner widersprach, erneut den Kopf.

»Wir können im Moment nichts anderes tun, als abzuwarten. Was mich betrifft: Ich hoffe, dass man uns übersieht«, fügte sie hinzu.

Ressler überlegte. Der Krieg würde wahrscheinlich kurz sein. Doch seine Folgen wären ohne Zweifel katastrophal. Sie rechnete mit der totalen Vernichtung. Selbst diejenigen, die den nuklearen Holocaust überleben sollten, erwarteten Hunger, Siechtum und Tod.

Für die Besatzung der *OceanOrbiter* dagegen gab es eine kleine Chance zu überleben. Die Unterwasserstation war vor rund sechs Jahren mit dem Anspruch errichtet worden, ein autarkes Habitat zu schaffen. Das war weitestgehend gelungen. Und die Inseln in der Nähe, von wo aus sie ihre

Energie bezogen, lagen fernab jeder Zivilisation und hatten keinerlei strategische Bedeutung. Es kam also lediglich darauf an, dass sie sich hier unten, so gut es ging, auf die Folgen der atomaren Verwüstung vorbereiteten.

Und darüber sollten sie reden! Je eher desto besser.

»Müssen wir nicht irgendetwas unternehmen?«, wandte sie sich an die Kommandantin.

Aber Beller schien in Gedanken ganz woanders zu sein. Vielleicht hatte sie auch noch keine Antworten, dachte Ressler bei sich.

Der Soldat, der sich im Hintergrund gehalten hatte, setzte zum Sprechen an. Der Minister kam ihm jedoch zuvor. »Ich muss mich unverzüglich mit der Regierung in Verbindung setzen«, sagte er. Sein Tonfall war fast weinerlich.

Weil die Leiterin der *OceanOrbiter* immer noch keinerlei Reaktion zeigte, zuckte Roland erneut die Achseln. Damit gab er dem Politiker zu verstehen, dass er ihn ohne die Zustimmung seiner Vorgesetzten nicht in den Funkraum lassen würde.

»Wenn ich ein paar Vorschläge machen darf«, meldete sich der Soldat zu Wort.

Ressler hatte den älteren Mann als ruhig und besonnen kennen und schätzen gelernt. Er war ein guter Zuhörer und mischte sich für gewöhnlich nur dann in ein Gespräch ein, wenn er etwas Sinnvolles beizutragen hatte.

Darum wunderte sie sich auch nicht, dass Beller aufsah und sagte: »Reden Sie schon.«

»Es wäre gut, wenn wir die Leute, die noch draußen sind, hereinholen. Bis wir mehr wissen, sollte die Station abgeriegelt werden. Außerdem würde ich Funkstille empfehlen, damit uns niemand orten kann, zumindest vorübergehend. Falls uns jemand angreift, können wir uns zwar verteidigen, aber nicht sehr wirkungsvoll.«

Mit einer mürrischen Geste signalisierte Beller ihre Zustimmung. »Geben Sie das so weiter. Und Schluss mit den Formalitäten. Tun Sie einfach, was notwendig ist. Die Arbeiter wieder rein, alle Schotten dicht, und lassen Sie die Torpedostationen besetzen.«

Der Zeigefinger des Soldaten schnellte an die Stirn, und er eilte hinaus.

Roland ging nach nebenan und stellte den Nachrichtenkanal leiser. »Und was machen *wir*?« fragte er anschließend.

»Wie gesagt: abwarten«, antwortete Beller. »Für *Sie* heißt das: hinsetzen, zuhören, mitschreiben. Oder haben Sie noch weitere Vorschläge?«

»Das wird eine Panik geben«, bemerkte der Minister ernüchtert.

Zur allgemeinen Verwunderung fügte er sich jedoch in die Statistenrolle. Er folgte dem Uniformierten ohne ein weiteres Wort die Treppe hinab in die Aufenthaltsräume.

»Wir werden sehen«, meinte Beller nur.

Mit einem kurzen Nicken, das ihrer Spielpartnerin galt, wechselte sie vom Sessel zum Bürostuhl, setzte ein Headset auf und beugte sich über die Kontrollen.

Während Beller an den Monitoren die Abriegelung der Station überwachte, sah Ressler zu, wie sich der Funker im Nebenraum Notizen machte, um einen Überblick über den Verlauf des Krieges zu bekommen. Sie hätte sich gerne mit einem von beiden über ihre Situation unterhalten. Doch sie wollte sie nicht bei der Arbeit stören. Sie hätte auch nichts Konstruktives beizutragen gehabt. Sie war Biochemikerin und als solche im Augenblick völlig nutzlos.

Stattdessen versuchte sie, sich auf die Schachpartie zu konzentrieren. Sie hoffte, sich dadurch ablenken zu können.

»Die Arbeiter sind fast alle zurück. Feld fünf wird gerade geräumt. Sie wollen die Ernte noch mit reinbringen«, meldete Roland aus dem Nebenraum.

Ein Bauer würde genügen, entschied Ressler.

»Quatsch!«, blaffte Beller zurück. »Die sollen das Zeug lassen, wo es ist, und sich lieber beeilen!«

Die Kommandantin hatte den Bauernzug ihrer Spielpartnerin offenbar vorausgesehen. Denn mitten im Gespräch mit einem Untergebenen drehte sie sich zum Schachbrett um und machte ihren Konter.

Er war gut. Aber Ressler hatte ihn erwartet und brachte den weißen Läufer in eine strategisch bessere Position.

»Europa hat's voll erwischt. Nur Spanien und Portugal scheinen noch nichts abbekommen zu haben«, rief Roland durch die Tür herüber. »Ich empfange Finnland«, folgte kurz darauf seine nächste Meldung: »Auch dort keine Einschläge. Allerdings macht ihnen die Strahlung Sorgen.«

»Überlassen Sie das Rumbrüllen mir«, fuhr Beller ihn an. »Passen Sie einfach auf, dass Sie nichts Wichtiges versäumen. Ich will später eine komplette Übersicht.«

»Hab' schon verstanden, Chefin«, erwiderte Roland gekränkt. »Irgendwo wollen wir danach ja wohl noch leben können«, murmelte er missgelaunt vor sich hin. »Ich hab' jedenfalls keine Lust, den Rest meiner Tage in dieser Blechdose zu verbringen.«

Ressler blätterte in einer Zeitschrift.

Nach einer knappen halben Stunde ließ sich die Kommandantin wieder in den Sessel gegenüber fallen. »So, das wäre erledigt«, sagte sie. Ihre Stimme klang erschöpft.

Die Biochemikerin hatte die Zeit genutzt, um über ihre Lage nachzudenken. »Sie haben doch sicher Pläne mit uns«, startete sie einen zweiten Versuch, der Leiterin des Habitats auf den Zahn zu fühlen.

»Worauf Sie einen lassen können«, bestätigte ihr Beller. »Es gibt sogar ziemlich klare Instruktionen. Liegen im Tresor. Interessante Lektüre übrigens. Da hat jemand weit vorausgedacht.«

»Und was genau heißt das?«

»Ich kann Ihnen im Moment nur so viel sagen: Unsere Zukunft ist bis auf weiteres vorherbestimmt.«

Die Kommandantin griff nach ihrem Läufer und schlug damit einen weißen Bauern.

Damit hatte Ressler nicht gerechnet.

»Es gibt also Instruktionen? Aber das ist doch absurd«, meinte die Biochemikerin. »Nehmen wir einmal an, wir kommen durch: Warum –«

»Kann gut sein, dass wir sogar die Einzigen sind, die diesen Krieg heil überstehen«, unterbrach Beller sie.

»Und warum dann nicht so, wie *wir* es für richtig halten? Verstehen Sie mich nicht falsch, aber wieso sollten wir die Anweisungen irgendeiner Behörde befolgen, die vermutlich gar nicht mehr existiert?«

»Ich versteh' nicht, was Sie daran stört«, brummte Beller ungehalten.

»Die *OceanOrbiter* ist natürlich in erster Linie ein französisches Projekt. Das verstehe ich ja. Doch hier arbeiten Spezialisten aus ganz Europa – und sogar darüber hinaus«, fuhr Ressler unbeirrt fort. »Keiner könnte qualifiziertere Entscheidungen treffen als dieses Team. Vor allem können wir sie *selber* treffen. Ich meine: gemeinsam.«

»Warten Sie doch erst einmal ab, okay?«

»Gerne. Trotzdem ist das ist eine grundsätzliche Frage. Es sollte Ihnen klar sein, dass auch andere so denken werden wie ich.«

Die Kommandantin blickte auf. »Wenn das eine Warnung sein soll, können Sie sich die sonst wohin stecken!«, fuhr sie die Biochemikerin an. »Ich werde den Teufel tun, klare Instruktionen zu ignorieren! Abgesehen davon: *Ich leite diese Station*, und ich kenne meine Verantwortung der Besatzung gegenüber. Die Leute brauchen jetzt jemanden, der ihnen sagt, was zu tun ist.«

Ressler kannte Bellers Temperament. Darum nahm sie den Wutausbruch nicht allzu ernst.

»Ich denke, ›die Leute‹ brauchen vielmehr etwas, woran sie glauben können«, erwiderte sie. *Vor allem, nachdem ihre Freunde, ihre Familie und alles, was ihnen wichtig war, ausgelöscht wurden*, fügte sie in Gedanken hinzu.

Die Kommandantin schüttelte den Kopf. »Wie gesagt: Warten Sie's ab. Die meisten sind jetzt wahrscheinlich eine Zeit lang im ›Betroffenheitsmodus‹. Da ist es mein Job, einen kühlen Kopf zu bewahren.«

Ihr Gespräch wurde unterbrochen, weil die ersten Techniker hereinkamen. Ressler erinnerte sich, dass Beller alle, die mit der Wartung der Stationssysteme beschäftigt waren, zusammengerufen hatte, »um sie über die anstehenden Aufgaben zu informieren«, wie sie sich ausgedrückt hatte.

Sie überlegte, ob sie gehen sollte. Ihr Platz war unten im Labor, ihre Aufgabe die Analyse von Seetangen und anderen Algen. Dazu kam, wenn auch in kleinerem Umfang, die Züchtung neuer Arten. Diese Arbeit entsprach ihrer Ausbildung und nicht zuletzt den persönlichen Ansprüchen, die sie an eine sinnvolle berufliche Tätigkeit stellte. Immerhin leistete sie damit einen kleinen Beitrag zur Verbesserung der Welternährungslage.

Mit dem Turm und der Leiterin der *OceanOrbiter* verband sie lediglich die Leidenschaft für das Schachspiel.

Fünf Männer und Frauen drängten sich jetzt in den kleinen Raum. Während sie auf die Anweisungen ihrer Vorgesetzten warteten, die wieder das Headset aufgesetzt

14

hatte und ein dringendes Gespräch führte, machten aktuelle Informationen und neue Gerüchte die Runde.

Unter normalen Umständen hätte Ressler sich in der Gegenwart so vieler Menschen unwohl gefühlt. Im Augenblick jedoch kam sie sich in ihrer Mitte geborgen vor. Der Sessel bot ihr dabei das Minimum an Distanz, das sie gerne zu anderen hielt. Dazu kam die beruhigende Gewissheit, sich 43 Meter unter der Meeresoberfläche zu befinden, 43 Meter tiefer, als die Bomben fielen und die Strahlung drang.

»Sagen Sie den Labormäusen, sie sollen von ihren Becken ablassen und alle Versuche vorerst einstellen ... Ja, natürlich. Sagen Sie ihnen auch warum – und schnell!« Mit diesen Worten beendete Beller das Gespräch.

Nachdem sie das Headset abgenommen hatte, wandte sie sich dem technischen Stab der Station zu und bat sich Ruhe aus. Der Raum knisterte förmlich vor der Anspannung der versammelten Menschen.

Unbewusst lauschte die Biochemikerin dem Takt des Sekundenzeigers.

2

»Sollte ein Atomkrieg nicht eigentlich undenkbar sein? Ich war mir stets sicher, dass die etablierten Deeskalationsmechanismen den Einsatz nuklearer Waffen unmöglich machen würden. Waren diese Mechanismen nicht ausreichend gewesen? Oder hatte den Regierenden der Wille zu einer diplomatischen Lösung gefehlt? Hatten sie sich womöglich nicht genug Zeit genommen, ihre Konflikte anders zu regeln? Wie viele Minuten braucht es eigentlich, um den sicheren Weltuntergang zu verhindern?«
Lisa Resslers Tagebuch

Später an diesem Abend steckten Beller und Roland an der Wand über dem Spieltisch eine Weltkarte ab: schwarze Fähnchen für verwüstete Teile der Welt, rote für teilweise zerstörte und diejenigen, die unter starkem radioaktiven Niederschlag litten. Weiße Fähnchen erhielten die wenigen Länder mit geringer Strahlenbelastung. Leider waren diese fast ausnahmslos in konventionelle Kampfhandlungen verstrickt. Die Chance, dass man die vierunddreißigköpfige Besatzung der Unterwasserstation nach dem Krieg in irgendein Land evakuieren konnte, das verschont geblieben war, sank von Stunde zu Stunde.

Ihre Internetverbindung war bereits seit Stunden tot. Auch über Funk gab es Roland zufolge kaum noch verlässliche Meldungen. Eine von mehreren Seiten bestätigte Neuigkeit war, dass die Großmächte nur einen Teil ihrer Atomwaffen eingesetzt hatten. Doch diese Nachricht tat die Kommandantin mit dem berechtigten Einwand ab, dass zwischen »Kill« und »Overkill« ja wohl kein großer Unterschied bestand.

Während Roland weitere Informationen einzuholen versuchte, war Beller dazu verdammt, sich in Geduld zu fassen. Sie begann, mit einem Stift auf eine Metallkante zu schlagen, bis sie das Geräusch selbst nicht mehr ertrug.

Warten.

Ressler schaute aus den großen Fenstern der Leitstelle hinaus in das Wasser. Dank der Scheinwerfer, die jeden Abend für ein paar Stunden eingeschaltet wurden, reichte die Sicht bis zum beweglichen Dock neben Stauraum zwei. Ein verlassenes U-Mobil lag davor. Der Fahrer hatte es einfach stehengelassen.

Die sandige Fläche, die sich bis zu den Plantagen erstreckte, war wie ausgestorben. Nicht einmal ein Fisch ließ sich blicken.

Beller hatte für 22 Uhr eine kurze Ansprache an die Besatzung geplant. Gleich danach wollte sie sich mit den sechs französischen Marinesoldaten treffen, die auf der *OceanOrbiter* stationiert waren. Da das Gespräch vertraulichen Charakter hatte, bat sie ihre Schachpartnerin, den Turm zu verlassen.

Als Beller Punkt zehn das Headset wieder aufsetzte, erhob sich Ressler und ging. Die Stimme der Kommandantin, die durch das verzweigte Lautsprechersystem bis in das entfernteste Modul übertragen wurde, verfolgte sie auf ihrem Weg die Treppe hinunter, an den Unterkünften vorbei und in die Aufenthaltsräume.

Einige Köpfe drehten sich nach ihr um, als sie die Kantine betrat. Sie kannte nur etwa die Hälfte der Leute persönlich.

Heute hatten sich hier auch die Taucherinnen und Taucher eingefunden, die tagsüber auf den Algenplantagen arbeiteten und die zu dieser Zeit für gewöhnlich längst in ihren Kojen lagen.

Alle lauschten aufmerksam, was ihnen die Leiterin des Habitats mitzuteilen hatte.

Ressler blieb in der Tür stehen und gab vor, der Ansprache ebenfalls zuzuhören. Dabei beobachtete sie die Anwesenden unauffällig.

Männer saßen mit Männern an den Tischen und tranken Bier. Frauen hielten einander bei den Händen. Einige streichelten geistesabwesend den Arm ihres Partners, andere trösteten gute Freunde.

Sicher hatten sie alle Angehörige gehabt, da oben, irgendwo in Europa, dachte die Biochemikerin.

Nachdem die Kommandantin die Besatzung schonungslos über die Lage an der Oberfläche informiert hatte, sprach sie den Menschen zunächst ihr Beileid aus. Dann bemühte sie sich, sie aufzurichten, indem sie an ihren Zusammenhalt appellierte und ihre Stärke und Willenskraft beschwor.

Ressler konnte nur den Kopf schütteln. Ihre Spielpartnerin ließ so gut wie keine Durchhalteparole aus. Sie fand die Rede kalt und bürokratisch.

Anschließend kam Beller auf die Aufgaben und Ziele zu sprechen, die vor ihnen lagen. Doch dieser Teil der Ansprache, von dem sich die Biochemikerin endlich ein paar Details versprochen hatte, blieb vage.

Als die Kommandantin die Besatzung schließlich zu Solidarität und Disziplin aufrief, konnte Ressler die Rede nicht länger mitanhören und verließ die Kantine.

Sie lief den gekrümmten Gang hinab, der sie bis an das westliche Ende der *OceanOrbiter* führte. Dort traf sie auf eine Reihe von ovalen Stahlluken. Ohne lange zu überlegen, öffnete sie die zweite von hinten. Sie führte in einen der Geschützräume, die der Forschungsstation seitens der Regierung vor zwei Jahren aufgezwungen worden waren.

Beim Eintreten riss sie den Soldaten, der es sich auf einer kleinen Sitzbank bequem gemacht hatte, aus dessen Gedanken. Als der Mann die Besucherin erkannte, lächelte er ihr freundlich entgegen. Er hieß Thierry Tomas und war einer der Wenigen an Bord, zu denen Ressler privaten Kontakt pflegte.

»Ich hoffe, ich störe Sie nicht?«, erkundigte sie sich bei dem Soldaten.

Der winkte ab. »Im Gegenteil. Es ist bestimmt nicht gesund, wenn man mit trüben Gedanken in der Ecke liegt. Kommen Sie rein. Aber schließen Sie bitte das Schott.«

Sie zog die Luke hinter sich zu. Damit verstieß sie einmal mehr gegen Bellers ausdrücklichen Befehl, die Soldaten während des Dienstes an den Torpedorohren nicht zu

18

behelligen. Doch das war ihr gleich. So »von oben herab«, wie die Alte sich heute aufgeführt hatte, sah sie den Besuch bei Tomas als eine Art stillen Protest an. Sollte man sie hier zusammen erwischen, würde es ihr eine Freude sein, diese Meinung auch offen zu vertreten.

Der Soldat war ein Mensch, der fast immer gute Laune hatte. Er war unkompliziert und verstand sich mit allen auf der Station, egal ob es sich um eine einfache Plantagenarbeiterin oder einen Wissenschaftler mit zwei Doktortiteln handelte – bis auf »die Alte«, wie er seine Vorgesetzte zu nennen pflegte, die er für »ziemlich gestört« hielt.

Von Tomas hatte Ressler das Wenige über Beller erfahren, das sie wusste. Die Personalakte der Kommandantin war keinem Besatzungsmitglied zugänglich. Dem Soldaten war jedoch zu Ohren gekommen, dass »die Alte« schon als Teenager damit angefangen hätte, in der Autowerkstatt ihres Vaters zu arbeiten. Später hätte sie neben der Arbeit die Abendschule besucht und ein Verwaltungsstudium absolviert. Was sie danach gemacht hatte, wusste niemand, ebenso wenig, wie sie an den Posten auf der *OceanOrbiter* gekommen war. Es gab jedoch allerlei Gerüchte, etwa dass sie – als zweite Frau überhaupt – bei der Fremdenlegion gedient und sich dort Verdienste erworben haben soll. Die Biochemikerin kannte eine ähnliche Geschichte, nämlich dass Beller in Deutschland jahrelang einen Boxclub betrieben habe. Aber auch das hielt sie für weit hergeholt.

Dass die Kommandantin nach Dienstschluss häufig in dem kleinen Fitnessraum der Unterwasserstation anzutreffen war, wo sie Stunde um Stunde den Sandsack traktierte, war dagegen eine Tatsache, die Ressler aus eigener Erfahrung bestätigen konnte.

Während sie sich mit Tomas über die weltpolitische Lage und ihre Situation auf der *OceanOrbiter* unterhielt, wurde das Licht heruntergedimmt, und die künstliche Nacht senkte sich über die Station. Heute gab sie den Bewohnern allerdings keinen Frieden. Denn die Menschen, die sich in die Unterkünfte zurückzogen, waren am Trauern und hatten Angst um ihre Zukunft.

Nachdem es auf den schmalen Gängen still geworden war, nutzte Ressler die Gelegenheit, noch einmal das Labor aufzusuchen. Kurz darauf kehrte sie mit zwei Sitzkissen und einer Flasche Pinot Noir in den Geschützraum zurück.

Sie machten es sich so bequem wie möglich und nippten an dem roten Burgunder, der selbst aus Tomas' Plastikbechern hervorragend schmeckte.

Wie immer, wenn Ressler mit dem Soldaten zusammen war, konnte sie sich entspannen. Vor allem genoss sie es, in seiner Gegenwart sie selbst sein zu können.

Im Gegensatz zu einigen ihrer Kollegen hatte er noch nie mit ihr geflirtet. Das war ihr nur recht. Er hatte ganz offensichtlich keinerlei Interesse daran, mit ihr zu schlafen – so wenig wie sie mit ihm. Was ihn betraf, mochte das daran liegen, dass sie sechs Jahre älter war als er. Vielleicht fand er sie auch einfach nicht attraktiv. Ihr war das gleich. Hauptsache, sie konnten ungezwungen miteinander umgehen.

Tomas war nach Resslers Erfahrung kein Mensch, der viel über persönliche Dinge sprach – eine weitere Eigenschaft, die sie sehr an ihm schätzte. Umso erstaunter war sie, als der Soldat ihr in dieser Nacht zum ersten Mal von seiner Freundin erzählte. Sie war einunddreißig, zwei Jahre jünger als er, und Puertorikanerin. Er hatte sie in einem Café in Nantes kennengelernt.

»Seitdem verbringe ich jeden freien Tag mit ihr. Eigentlich wollten wir uns in drei Wochen wieder treffen. Aber das war vor diesem ganzen Mist, und jetzt erreiche ich sie nicht ... Macht mich ehrlich gesagt ziemlich fertig, nicht zu wissen, wie es ihr geht«, gestand er der Biochemikerin ein.

Ressler wusste darauf nichts zu sagen. Sie versuchte noch, sich darüber klar zu werden, ob sie schon dazu bereit war, sich dem Mann gegenüber noch mehr zu öffnen.

»Sie sind ein sonderbarer Mensch, Lisa«, meinte Tomas nach einiger Zeit. »Seit ich Sie kenne, sehe ich Sie immer nur alleine. Sie sind eine richtige Einzelgängerin. Okay, Sie haben mir erzählt, dass sie ab und zu in den Turm gehen, um mit der Alten Schach zu spielen ...«

Sie nickte verlegen.

»Aber was machen Sie sonst noch? Verkriechen sich in Ihrem Labor, beugen sich über die Reagenzgläser und lesen irgendetwas?«

»So ungefähr«, bestätigte Ressler ihm. »Oder ich sitze vor einem Torpedorohr und trinke Rotwein.«

Der Soldat grinste, wurde jedoch gleich wieder ernst. »Sie wissen, worauf ich hinaus will. Haben Sie denn keinen Ehemann oder Freund?«

Unwillkürlich verzog sie den Mund. Sie hob den Blick zu der Deckenleuchte, die ein angenehm schummriges Licht in den kleinen Raum warf. Was sollte sie ihm erzählen?, fragte sie sich. Vielleicht die Wahrheit? Dass sie lesbisch war? Dass sie schon einmal verheiratet gewesen war und ihre Frau sie verlassen hatte?

»Nein, da gibt es niemanden Bestimmten«, antwortete sie. »Wissen Sie, meine Eltern sind früh gestorben, und ich habe es deshalb nicht immer leicht gehabt. Ich habe meine Ausbildung sehr ernst genommen und später meine Arbeit auch. Über die Jahre bin ich ziemlich oft umgezogen. Jedenfalls hatte ich nie viel Zeit für Freunde ... oder für andere *Frauen*.« Das letzte Wort sprach sie, ohne es beabsichtigt zu haben, in einem abschätzigen Ton aus.

Egal, sagte sie sich. Jetzt war es heraus.

Es dauerte eine Weile, bis der Mann begriff, dass sie sich ihm gegenüber gerade geoutet hatte. »Tut mir leid, wenn ich Sie so unverschämt aushorche«, sagte er kleinlaut. »Thierry und seine dummen Fragen!«

Ressler winkte ab und entspannte sich wieder. Sie musterte das blutrote Tropfenmuster auf dem Grund ihres leeren Bechers.

»Was, glauben Sie, hat die Alte mit uns vor?«, wollte der Soldat wissen.

Sie freute sich über den schnellen Themawechsel. Über Bellers Absichten konnte sie Tomas allerdings auch nichts sagen.

So unterhielten sie sich noch eine Weile über die Ansprache der Stationsleiterin und spekulierten darüber, was in nächster Zeit wohl auf sie zukommen würde.

»Für uns Soldaten ändert sich sowieso nichts«, meinte Tomas. »Wir waren Beller schon vorher unterstellt, und wir werden auch weiterhin tun, was sie uns sagt.«

Was ihre Zukunft betraf, gaben sie sich beide betont optimistisch. Das Wichtigste an diesem Abend war, dass es jemanden gab, mit dem man reden konnte.

3

»Wozu sind wir noch hier? Das ist die zentrale Frage, die alle beschäftigt, die aber kaum jemand offen zu stellen wagt. Wir haben überlebt. Doch was wollen wir mit unserem Leben anfangen? Ich denke, dass die wenigsten darauf eine Antwort geben können. Unsicherheit und Ratlosigkeit überall. Nichts, das uns Halt gibt. Alles ist in Frage gestellt.«
Lisa Resslers Tagebuch

Die Lage an der Oberfläche verschärfte sich weiter, der Krieg tobte immer wütender. Selbst in einer so entlegenen Region der Welt wie der ihren waren erstmals leichte Erschütterungen des Meeresbodens messbar. Die Möglichkeit, dass es sich dabei um ein Seebeben handelte, schloss der Geologe der Unterwasserstation definitiv aus.

Die meisten Wissenschaftler, Techniker und Plantagenarbeiter waren schon jahrelang auf der *OceanOrbiter* tätig. Bei allen Umständen und Einschränkungen, die das Leben unter Wasser mit sich brachte, hatten sie ihren Job stets gemocht. Er hatte etwas Exotisches und Abenteuerliches, war gut bezahlt und bot auch sonst viele Vergünstigungen.

Wie in den folgenden Tagen deutlich wurde, hatte all das jedoch nur gegolten, solange ein Notausgang vorhanden gewesen war, der das Schild »Zur Oberfläche« trug. Von heute auf morgen existierte dieser Ausgang nicht mehr.

Auch wenn viele es nicht wahrhaben wollten, spürten alle, wie massiv sich ihre Situation verändert hatte. Selbst unter denjenigen, die an den drängendsten Aufgaben – der Versorgung mit Energie, Sauerstoff, Nahrung und Trinkwasser – arbeiteten, kam es vermehrt zu emotionalen Krisen. Zugleich nahm die Aggressivität besorgniserregend zu. Der geringste Anlass konnte schnell zu einem Streit führen.

Zweimal kam es in der Kantine zu einem Handgemenge.

Drei Nervenzusammenbrüche.

Ein Selbstmord.

Ressler ließ das, was um sie herum geschah, nicht unberührt. Doch sie konzentrierte sich auf ihre Arbeit, denn diese gab ihr Halt.

Wenn sie abends das Labor verließ, ging sie häufig in den Turm, um die Schachpartie mit Beller fortzusetzen. Es tat ihr gut, nicht allein zu sein. Und falls es nicht zu spät geworden war, schaute sie anschließend gern in dem kleinen Geschützraum bei Thierry Tomas vorbei, der dort Wache schob.

Ressler hatte den Soldaten bereits vor einigen Monaten dazu animiert, in seiner Freizeit Bücher zu lesen. Er hatte daraufhin angefangen, Maugham und Joseph Conrad in sich hineinzuschlingen. Seitdem boten ihnen deren Erzählungen viel Gesprächsstoff.

Bei anderen Gelegenheiten diskutierten sie zumeist über ihre Zukunft, zum Beispiel ob man die Station nicht weiter ausbauen und vergrößern sollte oder ob sie vor Ablauf ihres Lebens wohl noch einmal an die Erdoberfläche kommen würden.

Entgegen Resslers Erwartung gab es aus dem Turm nur wenige konkrete Hinweise, wie es weitergehen sollte. Von einigen wichtigen Aufträgen an einzelne Teams einmal abgesehen, war fürs Erste »business as usual« angesagt. Was die Besatzung bewegte, schien Beller kaum oder gar nicht zu interessieren.

Als ein IT-Spezialist sich das Leben nahm, den Ressler gekannt hatte, war ihre Stimmung gedrückt. Der Mann hatte kurz zuvor erfahren, dass seine Frau, seine Eltern und sein Bruder einem Bombenangriff auf seine Heimatstadt zum Opfer gefallen waren.

Die Biochemikerin ging an diesem Tag trotz ihrer schlechten Gemütsverfassung zu Tomas. Selbstverständlich unterhielt sie sich mit dem Soldaten auch über den jüngsten Selbstmord. »Ich habe mich heute – nicht zum ersten Mal – gefragt, welchen Sinn das hier alles noch hat«, gestand sie dem Soldaten. »Wozu sollen gerade wir überleben, wenn da oben alle sterben?«

Der Gefragte stieß pfeifend die Luft aus der Nase. »Das wissen Sie doch noch gar nicht. Vielleicht gibt es am Ende mehr Überlebende, als wir denken.«

»Was ich so aus dem Funkraum mitkriege, klingt nicht sehr ermutigend«, erwiderte sie bitter.

»Die Leute da draußen haben im Moment sicher Wichtigeres zu tun, als herumzufunken«, gab Tomas zu bedenken. Er gab sich betont gefasst. »Sehen Sie doch nicht alles so schwarz, Lisa! Wir sind hier vorerst in Sicherheit. Außerdem machen Sie einen guten Job, auf den Sie stolz sein können. Ich kann mir vorstellen, dass Ihre Arbeit für uns alle in Zukunft noch viel wichtiger werden wird.«

»Algen und Fisch bis an unser Ende?«, fragte sie ironisch. »Die Küche wird ein wenig einseitig werden.«

Der Mann grinste. »Warum nicht? Im Moment können wir uns jedenfalls ganz gut über Wasser halten.«

Beide lachten über die unfreiwillig komische Formulierung.

»Na, und dann die Leute hier«, fuhr der Soldat fort. »Alle, die ich kenne, sind engagiert und wissen, was sie tun. Außerdem sind sie verdammt nett. Ehrlich, die behandeln mich viel freundlicher als die meisten Menschen, mit denen ich früher zu tun hatte. Und die Mädchen hier unten sind auch nicht schlecht.«

Ressler seufzte lächelnd. Gegen Tomas' beneidenswerte Fähigkeit, in jeder Situation das Positive zu sehen, hatte ihre getrübte Stimmung keine Chance. Seine letzte Bemerkung war ganz selbstverständlich gewesen, ohne verschworenes Zuzwinkern oder irgendeinen Hintergedanken, wie sie dankbar zur Kenntnis nahm.

Und er hatte ja recht. Auf der *OceanOrbiter* gab es tatsächlich überproportional viele jüngere Frauen. Sie selbst teilte sich das Labor mit einer ehrgeizigen Doktorandin, die noch keine dreißig sein konnte und ihres Wissens keine feste Bindung hatte. Ressler kam ausgezeichnet mit ihr aus, was nicht zuletzt daran lag, dass sie einen professionellen Umgang miteinander pflegten, der eine gewisse Distanz beinhaltete.

»Ich weiß ja nicht, wie es Ihnen geht, aber für mich macht das Sinn«, meinte Tomas. »Zusammen leben und arbeiten, miteinander quatschen und Spaß haben ... und sich vielleicht auch verlieben. Also mir reicht das fürs Erste.«

Er schenkte ihnen beiden Wein nach. Anschließend saßen sie einfach da und hingen jeder seinen Gedanken nach.

War es wirklich so simpel?, fragte sich Ressler. Ließ sich die Sinnfrage so einfach beantworten?

Nein, leider nicht, sagte sie zu sich selbst. Das Morgen bedeutete gar nichts. Nur das Heute zählte.

Ihr war klar, dass der Mann es nur gut gemeint hatte. Aber er wusste ja auch nichts von ihrer Krankheit.

Sie drückte dem Soldaten kurz die Hand und ging ohne ein weiteres Wort hinaus.

4

»Die kalte Vernunft: Viele Jahre lang war sie für mich ein sicherer Hafen. Wie oft habe ich mich in der Vergangenheit zu ihr geflüchtet, weil ich meine Ängste, meine Trauer und mein Selbstmitleid mal wieder nicht ertragen konnte! Doch auf einmal, da sie mir wie ein Spiegel vorgehalten wird, erschreckt sie mich.«
Lisa Resslers Tagebuch

Am nächsten Tag verließ die Biochemikerin das Labor erst spät. Sie hatte sich neun Stunden lang mit der Optimierung der Entsalzungsanlagen beschäftigt. Nun fühlte sie sich müde und ausgelaugt. Dennoch begab sie sich in die Leitstelle, um nachzusehen, für welchen Zug sich ihre Schachpartnerin entschieden hatte.

Als sie eintrat, führte Beller gerade ein heftiges Streitgespräch mit dem Funker.

»Wenn es geht, werde ich das Ding bis heute Abend reparieren«, rief Roland zornig aus dem Nebenraum herüber. »Wenn nicht, dann nicht. Auf keinen Fall setze ich einen Fuß auf die Insel!«

Mit »Insel« meinte er den Standort der Landstation, wo sich auch der Funkmast befand. Sie war rund fünf Kilometer von der *OceanOrbiter* entfernt.

Beller starrte mit düsterer Miene aus den großen Fenstern auf die schlammige Ebene hinaus. »Wenn nötig, trage ich Sie eigenhändig rüber!«, brüllte sie zurück. »Wir können es uns nicht leisten, auch nur eine wichtige Nachricht zu verpassen.«

Als sie ihre Spielpartnerin in der Tür bemerkte, wurde ihr Verhalten umgehend freundlicher. »Hallo Ressler! Kommen Sie rein! Schauen Sie sich an, was mir gestern noch eingefallen ist«, sagte sie und schmiss sich geradezu in den Sessel.

Die Biochemikerin grüßte den Funker, der über die offene Konsole gebeugt und mit Reparaturen beschäftigt war, und setzte sich der Frau gegenüber.

Kurz darauf hatte sie sich bereits ganz auf das Spiel konzentriert. Sie konnte sich ein Lächeln nicht verkneifen: Mit ihrem letzten Zug hatte Beller die Gelegenheit vergeben, Ressler weiterhin ernsthaft zu bedrängen.

Oder plante sie womöglich etwas ganz anderes?

»Chefin? Sie können sich abregen«, unterbrach sie Rolands Stimme in ihrer Konzentration. »Das Ding sendet wieder. Ich weiß zwar nicht, warum ...«

Die Kommandantin brummte zufrieden. »Das interessiert mich auch nicht«, rief sie dem Funker zu. »Hauptsache, wir haben wieder Verbindung zur Außenwelt.«

Im nächsten Augenblick zuckten sie alle drei erschrocken zusammen. Ein fühlbarer Druck legte sich auf den ganzen Raum, den jeder nicht nur in den Ohren, sondern am ganzen Körper zu spüren meinte. Er war so massiv, dass sie unwillkürlich das Kuppeldach des Turms ansahen, als ob sie sich vergewissern wollten, dass es nicht im nächsten Moment über ihnen zusammenbrach.

Erst als eine der Schachfiguren umfiel und über das Brett rollte, merkte Ressler, dass eine Erschütterung den Grund unter ihnen und damit die ganze Station erfasst hatte.

Weit von ihnen entfernt war das gedämpfte Geräusch einer Explosion zu vernehmen. Zeitgleich fing die Sirene an, in Zehnsekundenintervallen aufzuheulen. Die rote Warnlampe rotierte dazu im Takt.

Beller stürzte an die Kontrollen und überprüfte mit Hilfe der Monitore den Zustand der einzelnen Sektionen. Doch alle Anzeigen waren normal. Offenbar hatten sämtliche Module der Station die ruckartige Bewegung des Meeresbodens unbeschadet überstanden.

»Alles noch intakt«, rief sie den anderen erleichtert zu.

Das Warnsignal verstummte von selbst wieder.

Um sicher zu gehen, führte Beller über das Headset Gespräche mit einzelnen Mitarbeitern. Tatsächlich gab es keinerlei Schäden.

»Vielleicht ein Irrläufer. Auf jeden Fall weit genug weg«, meinte sie, als sie zurück an den Spieltisch kam.

Sie hatte sich gerade wieder in ihren Sessel gesetzt, da stürmte Roland mit hochrotem Kopf herein. »Ich begreife das einfach nicht. Der Empfänger ist schon wieder tot, das dritte Mal heute.«

»Nehmen Sie den Kasten eben noch einmal auseinander«, erwiderte Beller gereizt. »Wenn Sie da nichts finden, müssen Sie sich die Antenne ansehen.«

Der Funker riss sich wütend das Headset herunter. »Ich habe das Gerät schon zweimal auf Herz und Nieren geprüft. Da ist nicht einmal ein verbogenes Kabel zu finden!«

»Ich sagte: Nehmen Sie's noch mal auseinander!«, brüllte die Leiterin der Station.

Die Tür knallte hinter dem jungen Mann ins Schloss.

»Aller guten Dinge sind drei«, sagte Beller.

Ressler spielte mit dem Gedanken, die Kommandantin auf ihren allzu aggressiven Tonfall anzusprechen, entschied sich aber anders. Vielleicht hatte die Frau ja recht.

Sie machte ihren Zug mit dem weißen Springer und lehnte sich zurück. Zufrieden beobachtete sie, wie Beller sich vorbeugte und mit Interesse die neue Konstellation musterte.

Damit hatte sie sicher nicht gerechnet, dachte Ressler bei sich. Nun hatte sie ihr wirklich einen Grund gegeben, sich zu ärgern.

Während ihre Spielpartnerin nachdachte, richtete sie den Blick nach draußen. Hier und da war der Sand durch das Beben aufgewirbelt worden und trübte das Wasser. Trotzdem konnte sie sehen, dass Richtung Nordwesten gerade einige Taucher die beiden U-Mobile in einen Unterstand manövrierten und sie dort mit Ketten am Fundament der Druckkammern befestigten.

»Haben Sie schon von den beiden Arbeitern heute Morgen gehört?«, fragte Beller sie. »Nein?« Sie stieß verächtlich die Luft aus der Nase. »Da hielten sich welche für besonders schlau. Wollten sich absetzen, um auf eigene Faust nach Angehörigen zu suchen. Wir haben sie zum Glück bemerkt. Es wäre ihnen aber fast gelungen, sich mit einem unserer U-Mobile davonzumachen.«

»Die Leute sind einfach mit den Nerven am Ende«, bemerkte Ressler beschwichtigend. Ihr gefiel der verächtliche

Ton in Bellers Stimme nicht. Darum erkundigte sie sich vorsichtig: »Was haben Sie mit ihnen gemacht?«

»Eingesperrt natürlich – nachdem der Arzt ihnen eine Beruhigungsspritze gegeben hat.« Die Kommandantin machte eine abwehrende Geste. »Erzählen Sie mir jetzt bitte nicht, Sie hätten mich ja gewarnt!«

»Nicht vor so etwas, soweit ich mich erinnere.«

»Dann bin ich beruhigt.« Beller rieb sich die Nase und faltete die Hände vor ihrem Bauch.

»Wie war das noch mal? Sie sind doch Amerikanerin, oder?«, fragte sie im Plauderton.

»Eine halbe. Ich bin in Berlin geboren. Meine Mutter war Deutsche.«

»Ich erinnere mich. Ohne Ihren deutschen Pass wären Sie ja gar nicht hier«, sagte die Kommandantin.

Was soll denn das werden?, wunderte sich Ressler. Ein Verhör?

»Soweit ich weiß, sind Ihre Forschungsschwerpunkte Lebensmittelchemie und Genetik gewesen?«

»Genetik ist nur ein Steckenpferd von mir«, wiegelte Ressler ab.

»Sie sind ein kluger Kopf. Mit Ihren Fähigkeiten hätten Sie es in der freien Wirtschaft weit gebracht. Ich frage mich, warum Sie Ihren guten Posten in den Staaten aufgegeben haben, um ausgerechnet hierher zu kommen. Oder sollte Paris Sie etwa abgeworben haben?«

Das plötzliche Interesse Bellers an ihrer Person war Ressler nicht ganz geheuer. »Private Gründe«, erwiderte sie. »War doch eine gute Wahl?« Im Stillen fragte sie sich, ob dies nicht ein guter Zeitpunkt wäre, die Kommandantin im Gegenzug nach ihrer Vergangenheit auszufragen: Boxclub oder Fremdenlegion? Sie verwarf den Gedanken jedoch gleich wieder.

Beller musterte sie durchdringend. »Okay. Klar«, antwortete sie dann. »Wir sind jedenfalls froh, Sie hier bei uns zu haben.«

Sie erhob sich und begann, vor dem Spieltisch auf und abzugehen. Es war klar, dass sie irgendetwas beunruhigte.

»Sagen Sie, was denken Sie über diese Sache?«, griff sie das vorherige Thema wieder auf. »Können Sie diese Kerle verstehen? Klauen einfach eins unserer Fahrzeuge. Und ich muss jetzt womöglich noch ›Milde‹ walten lassen?«

Da war er wieder, dieser herablassende, verächtliche Tonfall, den Ressler so hasste. Dazu kam, dass sie allmählich begriff, was die Leiterin der *OceanOrbiter* mit diesen Fragen beabsichtigte: Sie versuchte herauszufinden, ob ihre Schachpartnerin auf ihrer Seite stand oder nicht.

»Die Reaktion der Leute war vielleicht unvernünftig, menschlich kann ich sie durchaus verstehen«, antwortete Ressler beschwichtigend. »Spritzen werden jedenfalls nicht viel nützen. Ich befürchte, dass sie es wieder versuchen werden, sie oder andere.«

»Das glaube ich kaum, aber bitte«, meinte Beller. Ihre Stimme klang auf einmal sehr müde. »Wir werden uns in Zukunft besser schützen«, erklärte sie dann. »Die Druckkammern sind jetzt bewacht, die Fahrzeuge gesichert. Wer sich mit Gewalt Zutritt verschaffen will, muss damit rechnen, sofort verhaftet zu werden.«

Mit diesen Worten beugte sie sich wieder über die Kontrollen.

Ressler spürte, wie der Zorn in ihr hochkochte. Sie beschloss, lieber zu gehen, bevor der Streit noch eskalierte.

Doch sie konnte die Wut nicht lange genug unterdrücken. Als sie die Tür bereits geöffnet hatte, platzte es aus ihr heraus: »Was ist eigentlich mit Ihnen: Haben Sie denn keine Freunde oder Familie, nach der Sie suchen möchten?«

Beller erstarrte sichtlich. »Mein Mann lebte in Köln«, antwortete sie, ohne sich umzudrehen. »Er ist schon vor Tagen gestorben.«

Etwas in der Stimme und Haltung der grauhaarigen Frau ließ Resslers Wut so plötzlich wieder verebben, wie sie gekommen war. »Tut mir leid«, murmelte sie und ging schnell hinaus.

Gedankenverloren stieg sie die Treppe herunter, folgte dem Verlauf der schmalen Gänge und fand sich schließlich in der Kantine wieder. Hier holte sie erst einmal tief Luft, bevor sie sich nach einem bekannten Gesicht umsah.

An den langen Tischen saß nur eine Handvoll Leute. Einer davon war Tomas, der offenbar einen freien Abend hatte. Der Soldat unterhielt sich angeregt mit einem lebhaft gestikulierenden Mann. Neben ihnen saß eine schwarzhaarige junge Frau, die das Gespräch aufmerksam verfolgte.

Tomas forderte die Biochemikerin auf, sich zu ihnen zu setzen und stellte sie einander vor. Der drahtige Mann ihm gegenüber hieß Giulio Vitale. Er arbeitete auf den Algenplantagen in der Nähe der Station. Ressler schätzte sein Alter auf etwa fünfundvierzig Jahre. Die Frau neben ihm war seine Schwester Mollicia Aldani, die sich ihr als »Molly« vorstellte. Sie war ebenfalls Taucherin. Ressler hatte beide bisher nur vom Sehen gekannt.

Ihr Gespräch drehte sich um die Inhaftierung der beiden Arbeiter, die das U-Mobil zu stehlen versucht hatten, und um die Soldaten, die neuerdings den Zugang zu den Druckkammern bewachten.

»Wie gesagt, den meisten Leuten gefällt das nicht«, erklärte Vitale, »und mir auch nicht. Es hat doch keinen Sinn, hier unten nur herumzusitzen. Es muss doch möglich sein, dass sich ein paar Freiwillige auf die Suche nach Überlebenden machen.«

Tomas schüttelte verständnislos den Kopf. »Ich verstehe dich ja. Aber wir sind hier am Arsch der Welt. Das würde ewig dauern! Und was sollen sie machen, wenn sie jemanden finden? Mehr als vier Leute passen in unsere kleinen Kisten doch gar nicht rein.«

»Die können ja ein Schiff nehmen«, erwiderte Vitale. »Da oben ist schließlich nicht alles zerstört!«

»Wir brauchen die U-Mobile hier, Giulio«, wandte seine Schwester ein. »Was, wenn wieder eins kaputt geht? Dann brauchen wir Ersatz.«

»Und wenn sie Überlebende finden und herbringen: Wie willst du die alle hier unterbringen?«, fragte Tomas. »Wovon sollen die denn leben? Wir wissen doch noch nicht mal, ob das, was wir haben, für *uns* reicht.«

Der Italiener setzte zu einer Erwiderung an, aber mehr als ein unterdrücktes »Porca puttana!« kam ihm nicht über die Lippen. Sein Gesichtsausdruck und die Art und Weise, wie er sich auf seinem Stuhl wand, machten allerdings mehr als deutlich, dass er sich mit diesen Argumenten nicht zufriedengeben wollte.

Seine Schwester berührte mit ihrer Hand Resslers Unterarm und fragte sie: »Sie sind doch Wissenschaftlerin. Was können Sie uns dazu sagen? Wie viele Menschen können wir Ihrer Meinung nach bei uns aufnehmen?«

Die Biochemikerin entzog ihren Arm der sanften Berührung. »Leider muss ich Tomas recht geben«, antwortete sie. »Wir sind hier unten zwar weitgehend autark, was Energie und Nahrung betrifft, aber das Trink- und Brauchwasser ist jetzt schon extrem knapp, und wir wissen noch nicht, wie sich die Strahlung darauf auswirkt. Unsere interne Aufbereitung reicht nämlich nicht für alle. Wir brauchen zusätzlich die beiden Entsalzungsanlagen. Die sind der Knackpunkt.«

Sie nahm den kleinen Salzstreuer vom Tisch auf und drehte ihn zwischen den Fingern. »Was uns am meisten Sorgen macht, ist der Sauerstoff. Die Rückgewinnung deckt nur einen sehr kleinen Teil dessen ab, was wir brauchen, und die Außenluft dürfte bald komplett verseucht sein. Wir müssen in Zukunft also viel mehr Sauerstoff gewinnen, entweder indem wir die Wasserelektrolyse weiter optimieren oder aus anderen Quellen. Daran arbeiten wir gerade.«

Nachdem sie geendet hatte, wollte Tomas sofort noch mehr Details erfahren. Vitale dagegen schwieg. Aus seinen dunklen Augen warf er der Biochemikerin einen Blick zu, der zwischen Wut und Verzweiflung schwankte.

Noch während sich die anderen unterhielten, straffte er die Schultern, schob seinen Stuhl zurück und eilte aus der Kantine.

5

»Als mein Vater starb, fand ich unter seinen Büchern eine Biografie Abraham Lincolns. In den Umschlag hatte er handschriftlich einen Gedanken des Präsidenten notiert, nämlich dass kein Mensch gut genug ist, um einen anderen Menschen ohne dessen Zustimmung zu regieren. Bis heute fand ich es ganz normal, dass auf der OceanOrbiter andere Regeln gelten als in einem demokratischen Staatswesen. Jetzt frage ich mich: Warum eigentlich?«
Lisa Resslers Tagebuch

Als Roland am nächsten Tag ins Labor kam, hatten Ressler und ihre Kollegin einige Techniker zu Gast. Die Frauen und Männer diskutierten lautstark über die vor ihnen ausgebreiteten Skizzen.

Der Disput währte nicht lange. Nachdem sich die Parteien über die Spezifikationen der neuen Anlage einig geworden waren, verabschiedeten sich alle freundlich und respektvoll voneinander.

Ressler hatte den Funker schon bemerkt. Nachdem sie die anderen hinausbegleitet hatte, begrüßte sie ihn freundlich.

»Es war nicht leicht, sich gegen sie durchzusetzen«, sagte sie entschuldigend.

»Kein Problem«, winkte der junge Franzose ab und wies auf einen der Stühle. »Darf ich es mir bequem machen?«

»Natürlich, gerne«, antwortete sie und nahm neben ihm Platz.

»Worum ging es denn?«, wollte er wissen.

Sie blickte nachdenklich auf die Skizze, die sie am Vormittag erstellt hatte. »Wir haben einen Plan ausgearbeitet, wie man den freien Sauerstoff über den Plantagen eventuell auffangen und nutzbar machen kann. Natürlich nur zur Unterstützung anderer Projekte. Wir dachten zum Beispiel an stationsinterne Fotosyntheseräume.«

»Also wird es hier unten bald grün werden?« Roland lachte. »Haben Sie übrigens schon gehört, was aus dem US-Präsidenten geworden ist?«

»Ich wusste nicht mal, dass er noch lebt«, antwortete die Biochemikerin. Nicht, dass es sie näher interessiert hätte.

Der Funker ließ sich nicht davon abhalten, ihr die Neuigkeit zu berichten: »Er und sein Stab sind tagelang in der Air Force One herumgeflogen. Irgendwann kam kein Tankflugzeug mehr. Beim Anflug auf Panama ist der Maschine der Sprit ausgegangen, und sie ist abgestürzt.« Er grinste. Offenbar hatte er den Medientycoon, der im Vorjahr zum zweiten Mal ins Weiße Haus gewählt worden war, nicht geschätzt.

Roland rückte den Stuhl näher heran. »Das ist aber nicht der Grund, warum ich zu Ihnen komme«, wechselte er schnell das Thema. »Sie haben doch gestern unseren Streit im Turm mitangehört ...«

Ressler war froh, dass er endlich zur Sache kam. »Den über das Funkgerät«, sagte sie.

»Genau.« Seine grauen Augen glänzten vor Aufregung. »Und stellen Sie sich vor: Das Gerät ist gar nicht kaputt. Die Antenne auch nicht. Auf den Inseln da oben sind Menschen!« Er unterbrach sich für einen Augenblick, um Resslers Reaktion abzuwarten.

»Ich verstehe den Zusammenhang nicht«, gab sie verwirrt zu.

»Halten Sie mich jetzt nicht für verrückt«, fuhr Roland fort, »ich bin mir meiner Sache ziemlich sicher. Der Sender fiel heute genau neunmal aus: dreimal kurz, dreimal lang und wieder dreimal kurz. Verstehen Sie jetzt?«

»SOS.«

»Genau!« Er sprang unvermittelt von seinem Stuhl auf und begann, in dem schmalen Gang zwischen dem Tisch und den Schränken auf- und abzulaufen. »Aber glauben Sie, dass die Alte auch nur irgendetwas unternehmen will? Natürlich nicht!«

»Dieses Signal ... Das könnte auch Zufall sein.«

»Glaub ich nicht.«

»Sie sollten abwarten, ob es sich morgen wiederholt.«

Roland blieb stehen und sah die Biochemikerin durchdringend an. »Das hat Beller auch gesagt. Aber das ist gar nicht der Punkt«, betonte er. »Das Einzige, was sie beunruhigt, ist die Tatsache, dass unser Empfang so oft unterbrochen wird – nicht etwa, dass sich da oben vielleicht Leute befinden, die unsere Hilfe brauchen und versuchen, auf sich aufmerksam zu machen.«

Ressler runzelte die Stirn, sagte jedoch nichts.

»Und dann beruft sie sich auf ihre ›Instruktionen‹ und redet davon, dass sie nicht inkonsequent erscheinen darf.«

Roland ließ sich wieder auf den Stuhl fallen und rieb nervös die Handflächen aneinander.

Nach einer Weile meinte die Biochemikerin: »Sie müssen sie verstehen, auch wenn sie in Ihren Augen unmenschlich handelt.«

»In Ihren etwa nicht?«, fragte der Mann erstaunt.

»Diese Leute waren aller Wahrscheinlichkeit nach einer hohen Strahlendosis ausgesetzt«, erklärte Ressler. »Einer tödlichen Dosis, meine ich. Ich bin mir sicher, dass sie sich fragt, warum sie die Station mit totkranken Menschen belasten soll, wo wir selbst doch schon genug Schwierigkeiten haben.«

Sie war sich sicher, dass Beller so dachte. Trotzdem hasste sie sich dafür, diesen Gedanken laut ausgesprochen zu haben. Denn innerlich sträubte sie sich wie Roland gegen die Vorstellung, die Leute auf der Insel ihrem Schicksal zu überlassen.

Die Reaktion des Funkers war wenig überraschend. »Wie kann man nur so denken!«, entrüstete er sich. »Haben mittlerweile alle Leute in dieser Station ihre Menschlichkeit verloren?«

Ressler senkte betreten den Kopf. Sie wandte sich ab und betrachtete die Pläne auf dem Tisch.

Eine Minute lang stand Rolands Vorwurf wie eine Wand zwischen ihnen.

Schließlich räusperte er sich und sagte: »Entschuldigen Sie, das war wohl ein bisschen zu heftig. Ich schätze, ich muss noch mal über die ganze Sache nachdenken.«

Er stand auf und verließ das Labor. Auf dem Weg nach draußen gab er Molly Aldani die Tür in die Hand.

Sie bemerkte seinen betretenen Gesichtsausdruck und blieb auf der Schwelle stehen. Abwartend blickte sie auf den Rücken der Biochemikerin, die bewegungslos dasaß und vor sich hin starrte.

Gerade, als sie sich entschied, lieber wieder zu gehen, wandte Ressler den Kopf.

»Oh, hallo Molly«, sagte sie verwirrt. »Wollten Sie zu mir? Bitte kommen Sie herein.«

»Sie machen auf mich den Eindruck, als ob Sie lieber alleine sein wollen, Signora Ressler.« Die Taucherin presste die Lippen zusammen.

»Nein, ist schon in Ordnung«, versicherte sie der Jüngeren.

Während die Italienerin die Tür hinter sich schloss, betrachtete Ressler sie, als sähe sie sie zum ersten Mal. Sie war eine Schönheit, stellte sie überrascht fest. Wie konnte es sein, dass ihr das zuvor noch nicht aufgefallen war? Sie hatte kluge, dunkle Augen, eine sportliche Figur, und ihr schwarzes, glänzendes Haar erinnerte Ressler an das Gefieder eines Raben, den sie einmal in der Nähe von Anchorage gesehen hatte. Es bildete einen schönen Kontrast zu dem Weiß ihrer Zähne.

»Roland hat mir gerade ein paar Dinge an den Kopf geworfen, die mich im ersten Moment sehr verletzt haben. Ich befürchte nur, dass er damit nicht ganz falsch lag.« Sie bot ihrer Besucherin den Stuhl an, auf dem der Funker gerade noch gesessen hatte. »Nehmen Sie Platz. Und bitte sagen Sie Lisa, sonst komme ich mir so alt vor.«

Die Taucherin nickte strahlend. »Es freut mich, dass Sie das so leicht nehmen, Lisa.«

»Das tue ich nicht«, versicherte Ressler ihr. »Aber was führt Sie hierher? Sie kommen bestimmt nicht zu mir, um sich über meine Probleme zu unterhalten.«

Aldani schlug erstaunt die Augen auf. »Wenn Sie Probleme haben, wäre es vielleicht ganz gut, sie mit jemandem zu teilen«, bemerkte sie selbstbewusst. »Doch Sie haben recht. Eigentlich bin ich hier, weil ich mich für Giulio entschuldigen wollte. Er hat sich Ihnen gegenüber sehr unhöflich verhalten.«

»Er hatte gute Gründe dafür.«

»Was Sie gestern Abend erzählt haben, war sehr überzeugend«, fuhr sie nach kurzem Zögern fort. »Das hat ihn verunsichert. Er weiß nicht mehr, was er denken soll ... Wie sagt man? Er ringt mit sich.«

Ressler nickte. »Das habe ich bemerkt. Alles kein Grund, sich zu entschuldigen.«

Sie nahm dem Mann sein Verhalten wirklich nicht übel. Trug sie nicht dieselben inneren Konflikte mit sich aus wie er? Einerseits bewunderte sie Bellers Entschlusskraft und Skrupellosigkeit in der Krisensituation, in der sie sich befanden. Andererseits bezweifelte sie, dass die Leiterin des Habitats nach menschlichen Maßstäben tatsächlich immer die richtigen Entscheidungen traf.

Sie fragte die andere Frau, wie sie darüber dachte.

»Ich finde es gut, dass die Kommandantin die Verantwortung übernimmt und sich zu nichts hinreißen lässt, das uns schaden könnte«, antwortete diese ohne Umschweife. »Aber es ist schlecht, wenn sie gar keine Emotionen hat.«

»... oder kein Verständnis für die Gefühle anderer«, ergänzte die Biochemikerin. Ihr gefiel Aldanis direkte Art.

Spontan lud Ressler sie ein, sie zum Abendessen zu begleiten.

Während sie aßen, erzählte sie der Italienerin von ihrem Gespräch mit Roland. Aldani war ebenso entsetzt über Bellers Verhalten wie der Funker, wusste aber auch keine Lösung für das Problem ihrer begrenzten Ressourcen.

Anschließend wollte Ressler wissen, was die junge Frau und ihren Bruder auf die *OceanOrbiter* verschlagen hatte.

»Eigentlich ist er mein Halbbruder«, korrigierte Molly sie. »Lange Geschichte. Sein Vater hat meine Mutter nie geheiratet.« Nach dieser knappen Erklärung erzählte Aldani ihr, dass Giulio und sie auf Sizilien, an der Küste von Messina, bis vor zwei Jahren eine Tauchschule betrieben hatten. Nachdem in Italien jedoch ein rechtsnationales Parteienbündnis an die Macht gekommen war und – wie so viele andere europäische Staaten auch – den Austritt aus der EU angekündigt hatte, war der Tourismus eingebrochen, und Vitale und sie hatten schließen müssen.

Der Job auf der Unterwasserstation war ihnen gerade recht gekommen. Sie hatten Geld gebraucht, das Ganze versprach, ein Abenteuer zu werden, und mit ihrer Taucherfahrung hatten sie hunderten ihrer Mitbewerber etwas voraus gehabt.

Nachdem sich die beiden Frauen zwei Stunden lang angeregt unterhalten hatten, gähnte Ressler verstohlen in ihre Handfläche. Sie erklärte ihrer Begleiterin, dass sie noch einmal nach dem Schachbrett sehen wollte, bevor sie in die Koje ginge.

»Sie verlassen mich also schon wieder«, stellte Aldani mit gespielter Enttäuschung fest. »Haben Sie bereits genug von meiner Gesellschaft?«

Ressler stutzte. *Was war denn das?*, fragte sie sich.

Unwillkürlich musste sie lachen. »Ganz bestimmt nicht, aber ich bin wirklich müde. Ich will nur noch kurz in den Turm, dann falle ich auf der Stelle um.«

Die Taucherin musterte Resslers Gesicht, und ihre Augen schienen zu strahlen.

Wie können so dunkle Augen nur ein solches Feuer haben?, fragte sich die Biochemikerin.

Als sie sich zum Abschied die Hände gaben, hatte sie es plötzlich eilig, von Molly Aldani wegzukommen.

Mit schnellen Schritten lief sie den Gang hinunter, um die Unterkünfte herum, sprang die Treppe zum Turm hinauf und betrat die Leitstelle.

Beller drehte sich nach ihr um und grüßte mürrisch, als sie ihre gut gelaunte Spielpartnerin erkannte. Dann wandte sie sich sofort wieder den Instrumenten zu.

»Sie haben mich schon verstanden«, murmelte sie in das Mikrofon des Headsets. »Richten Sie sich danach. Und keine Sorge: Ich passe schon auf Sie auf.«

Kurz darauf ließ sie sich in den Sessel auf der anderen Seite des kleinen Tischs fallen. »Ich weiß, dass Roland heute bei Ihnen war«, fiel sie mit der Tür ins Haus. »Ich hab ihn mir deswegen schon zur Brust genommen. Die Besatzung braucht davon nichts zu erfahren.«

Die Biochemikerin hielt dem durchdringenden Blick ihrer Vorgesetzten stand und lächelte sie nur an.

»Haben wir uns verstanden?«

Ressler schob die Unterlippe vor. Sie dachte daran, was Aldani beim Essen zu ihr gesagt hatte: *Es ist schlecht, wenn sie gar keine Emotionen hat.*

»Hat Roland Ihnen erzählt, worüber wir gesprochen haben?«, fragte sie Beller betont ruhig.

»Wozu denn? Ich wusste es schon«, antwortete die Kommandantin. »Es war jedenfalls richtig, dass Sie ihm den Kopf ein wenig zurechtgerückt haben.«

Ressler konnte es nicht fassen, was die Leiterin der *OceanOrbiter* ihr da eröffnete. »Sie hören uns ab?«, fragte sie ungläubig. Aber es gab keine andere Erklärung dafür, dass Beller die Details ihres Gesprächs mit dem Funker kannte. Im Labor mussten Mikrofone versteckt sein – und wer wusste schon, wo sonst noch überall.

Es war der Ausdruck in den Augen ihrer Vorgesetzten, der Ressler Gewissheit verschaffte.

»Es dürfte schwierig werden, alle Räume gleichzeitig zu überwachen«, sagte sie scharf. Mit diesen Worten stand sie auf und verließ die Leitstelle.

Beller unternahm keinen Versuch, sie aufzuhalten.

Auf dem Weg zu ihrer Kabine machte sich ein dumpfer Schmerz in Resslers Magengegend bemerkbar. Er erinnerte sie daran, vor dem Einschlafen ihre Medikamente nicht zu vergessen.

6

»Ihre Augen! Der breite Mund, wenn sie lacht! Ich verstehe nicht, was mit mir geschieht. Da ist eine seltsame Mischung aus Faszination und Angst; aus der Bereitschaft, mich einfach mitreißen zu lassen, und dem Skrupel, der mich seit vielen Jahren dazu ermahnt, festen Boden unter den Füßen zu behalten.«

Lisa Resslers Tagebuch

»Lisa! Bitte machen Sie auf! Lisa!«

Widerwillig öffnete sie die Augen und schlug die Decke zurück. Ein flüchtiger Blick auf die Uhr bestätigte ihr, dass es mitten in der Nacht war.

Das anhaltende Klopfen an der Tür trieb sie aus der Koje. War das Aldanis Stimme gewesen?

»Bitte machen Sie auf!«, rief diese erneut. »Es geht um Giulio.«

Die Italienerin stand barfuß und nur mit einem roten Schlafanzug bekleidet vor der Kabinentür. Dem Zustand ihrer Haare zufolge hatte sie ebenfalls schon geschlafen.

Sie sah fantastisch aus, fand Ressler.

»Was ist denn los, Molly?«, fragte sie gähnend.

»Ich brauche Ihre Hilfe. Können Sie bitte mitkommen?«

Schnell streifte die Biochemikerin sich ihre Sandalen über und folgte der jungen Frau.

Während sie im Laufschritt den Gang hinunter- und eine Wendeltreppe hinaufeilten, erklärte Aldani ihr in knappen Worten, warum sie so aufgeregt war. Demnach wollten Vitale und einige seiner Kollegen das zunehmend diktatorische Vorgehen Bellers nicht mehr länger hinnehmen. Sie planten, die Leiterin der Station noch vor Tagesanbruch in ihre Gewalt zu bringen und abzusetzen.

»Das ist es, was mir Sorgen macht. Ich fürchte, dass die Soldaten die ganze Aktion mit Gewalt beenden«, schloss sie ihren Bericht.

»Woher wissen Sie das denn alles?«, fragte Ressler überrascht.

»Weil sie sehr laut geredet haben. Meine Kabine ist direkt neben seiner«, antwortete sie.

Die Biochemikerin war augenblicklich alarmiert. Wenn Beller auch die Unterkünfte abhörte, konnte es gut sein, dass sie bereits von dem Vorhaben der Männer wusste.

Unvermittelt blieb sie stehen. »Was haben Sie jetzt vor? Und was erwarten Sie von mir?«, fragte sie. Was auch immer Mollys Halbbruder plante, Ressler wollte auf keinen Fall in die Sache hineingezogen werden.

Die junge Frau verlangsamte ihren Schritt und drehte sich zu ihr um. »Es ist gleich da vorne«, antwortete sie. »Reden Sie bitte mit Giulio. Vielleicht können Sie ihn zur Vernunft bringen. Auf seine kleine Schwester wird er nicht hören, vor allem nicht, wenn seine Freunde dabei sind.«

Ressler ging auf sie zu und griff nach ihrem Arm. »Molly, hören Sie! Ich kann das nicht. Ich bin für so etwas nicht die Richtige.«

Mit einer trotzigen Geste riss sich die Italienerin los. »An wen soll ich mich denn wenden? Etwa an Tomas und die anderen Soldaten?« Sie redete leise, aber ihre Stimme überschlug sich fast vor Verzweiflung.

Abwartend stand sie vor Ressler und funkelte sie aus ihren großen Augen an. »Sie sind genau die Richtige. Ich habe Vertrauen zu Ihnen«, sagte sie eindringlich.

Ressler machte einen tiefen Atemzug. »Ich will es versuchen. Lassen Sie uns ...«

Lautes Stiefelgetrappel auf der Treppe ließ sie abrupt verstummen.

»Es ist zu spät«, flüsterte Aldani und blickte gehetzt den Gang hinunter.

Sie nahm die Hand der Biochemikerin und zog sie mit sich. Vier Schritte weiter öffnete sie eine Tür, und Ressler folgte ihr in die dahinter befindliche dunkle Kabine. Dem angenehmen Geruch nach zu urteilen war es Mollys eigene, vermutete Ressler.

Als die Schritte sich näherten, wurden im Nebenraum mehrere Stimmen laut. Ein Mann fluchte, und kurz darauf polterte ein schwerer Gegenstand mit einem dumpfen Geräusch zu Boden.

»Hier!«, rief jemand auf dem Gang.

Ressler presste ihr Ohr an die Tür und lauschte angestrengt. Obwohl sie nur einen Schlafanzug trug, perlten auf ihrer Stirn kleine Schweißtropfen.

Aldanis schlanker Körper war direkt neben ihrem. Sie hörte das stoßweise Atmen der jüngeren Frau dicht bei ihrer Schulter.

Auch die Taucherin hatte ein Ohr an die Tür gelegt, um dem Geschehen auf dem Gang folgen zu können. Trotz der Finsternis vermeinte Ressler, ihre Augen sehen zu können. Sie schimmerten feucht.

Die Tür zum Nebenraum flog krachend auf, und irgendjemand brüllte: »Stehenbleiben! Niemand rührt sich!« Und eine andere: »Halt! Ihr könnt doch nirgendwo hin!«

Es klang so, als versuchten Vitale und seine Freunde, sich dem Zugriff der Soldaten zu entziehen. Dabei kam es auf dem Gang zu einem Handgemenge.

Dumpfe Schläge, keuchender Atem, Flüche. Vereinzelte Rufe und schnelle Schritte verloren sich in der Ferne. Vielleicht hatte es jemand geschafft, sich den Weg freizukämpfen.

Schließlich wurden die verbliebenen Männer überwältigt. Sie leisteten weiterhin heftigen Widerstand. Einer rief laut um Hilfe.

Andere waren auf den Lärm aufmerksam geworden.

»Geht wieder in eure Zimmer, Leute!«

»Schlaft weiter!«

»Hier gibt es nichts mehr zu sehen.«

Eine Frau weinte, ein Mann protestierte, eine Tür am Ende des Gangs knallte. Die Soldaten sorgten dafür, dass sich niemand einmischte.

Kaum dass die Gefangenen abgeführt waren, konnten die beiden Frauen hören, wie ganz in ihrer Nähe zwei Männer auf dem Gang leise miteinander sprachen.

»Das ist doch nicht zu fassen!«, schimpfte einer von ihnen. »Wahrscheinlich überwacht die Alte uns alle noch im Scheißhaus!«

»Ich weiß ja nicht«, antwortete der andere. »Ich denke, dass war gerade noch rechtzeitig. Stell dir vor, was losgewesen wäre, wenn diese Typen das Kommando übernommen hätten.«

Daraufhin bemerkte der Erste: »Ich kenn' zwei von denen. Die sind okay! Mir ist jedenfalls nicht wohl bei der Sache. Irgendwie ist diese ganze Aktion nicht in Ordnung.«

Die Stimmen der Männer entfernten sich.

Ressler zitterte am ganzen Körper vor Zorn und Hilflosigkeit. Ein Großteil ihrer Wut galt, wie so oft in letzter Zeit, ihrer eigenen Unfähigkeit, einzugreifen oder zumindest Stellung zu beziehen.

Du kannst dich doch hier nicht einfach verstecken! Du musst etwas unternehmen!, schrie es in ihr. Stattdessen stand sie weiterhin da wie gelähmt.

Aldani hatte die Beherrschung verloren. Ressler hörte sie weinen. In der Dunkelheit tastete sie nach ihrem Arm und legte ihr eine Hand auf die Schulter, um sie zu trösten.

Die jüngere Frau reagierte auf die Berührung, indem sie den Kopf an die Schulter der Biochemikerin lehnte, beide Arme um ihren Oberkörper schlang und sie fest umklammerte.

Die unerwartete Nähe erschrak Ressler zunächst. Nach kurzem Zögern nahm sie Aldani jedoch ebenfalls in die Arme und presste die Nase in ihr weiches Haar.

Es muss etwas geschehen!, dachte sie. Aber es fiel ihr schwer, sich zu entscheiden, was genau sie tun sollte.

7

»Beller reagiert auf jede Kritik überreizt. Vielleicht kann sie nicht mehr richtig schlafen. Ich vermute, der Druck der Verantwortung ist zu viel für sie. Leider hindert sie ihr Misstrauen uns allen gegenüber daran, diese Last mit jemandem zu teilen.«
Lisa Resslers Tagebuch

Mit festem Schritt stieg Ressler am nächsten Morgen die Stufen hinauf, die zur Leitstelle führten. Sie hatte vor, Beller offen ihre Meinung zu sagen, was die Zwangsmaßnahmen gegen die Besatzung, die Eingriffe in deren Privatsphäre und noch so manches andere betraf.

Sie war zuversichtlich, dass die Kommandantin ihr zuhören und einsehen würde, dass es so nicht weitergehen konnte.

Außerdem hoffte sie, dass sie nicht pausenlos an Molly denken musste.

»Kannst du nicht hierbleiben?«, fragte Aldani, nachdem auf dem Gang wieder Ruhe eingekehrt war. Sie löste sich aus der Umarmung, wich aber nicht zurück, sondern legte im Dunkeln die Arme um den Hals der Biochemikerin und schmiegte sich erneut an sie.

So sehr sie Ressler damit auch überraschte, war diese doch vor allem froh, wie einfach nun alles zu sein schien. »Ich hab' nichts zum Anziehen dabei«, wandte sie scherzhaft ein.

»Ich leih dir morgen was von mir«, sagte die Italienerin.

»Könnte etwas eng werden, es sei denn, deine Koje ist breiter als meine.«

»Du bist schlank. Jetzt hör auf zu quatschen«, erwiderte Aldani und küsste Ressler auf den Mund.

Ihre Lippen waren warm und ganz weich gewesen. Ressler meinte, sie immer noch auf ihrem Mund fühlen zu können.

Von oben kam ihr Tomas entgegen. Er war in Gedanken versunken und bemerkte die Biochemikerin erst, als sie direkt vor ihm stand. Er begrüßte sie mit Handschlag und einem doppelten Luftkuss. »Wissen Sie schon, was gestern Nacht passiert ist?«

Ressler spürte, wie sie errötete. Doch dann wurde ihr bewusst, dass er natürlich nicht sie und Aldani gemeint hatte, und sie nickte schnell. »Waren Sie dabei?«, erkundigte sie sich. »Das war bestimmt nicht einfach für Sie.«

»Weiß Gott nicht. Giulio ist mein Freund«, erklärte der Soldat. »Aber ich muss jetzt runter zum Doc. Können wir später darüber sprechen?«

»Gerne.«

»Kommen Sie mich besuchen?«

»Ich bringe den Wein mit.« Sie winkte Tomas hinterher, der jeweils zwei Stufen auf einmal nahm.

Wein, dachte Ressler bei sich. Am liebsten hätte sie jetzt schon ein Glas gehabt.

Sie erinnerte sich, dass Aldani sie am Morgen sehr ernst aus ihren dunklen Augen angesehen hatte.

Plötzlich stürzte alles auf sie ein: Freude und Scham, Liebe und Verzweiflung – und sie war wütend auf sich selbst.

»Verdammt! Es ist aussichtslos! Ich weiß nicht, wie ich es dir erklären soll. Aber das hier hat keine Zukunft.«

Aldani, die hinter ihr lag, schlang ein Bein über Resslers Oberschenkel, als wollte sie sie damit festhalten, und begann, den verkrampften rechten Schultermuskel der Biochemikerin zu kneten. »Versuch es einfach mal«, ermunterte sie sie.

Und dann schaffte Ressler es tatsächlich, sich endlich alles von der Seele zu reden – stockend zwar und voller Zweifel, aber sie redete. Sie erzählte von ihren Magenschmerzen, die sie ignoriert hatte, solange es ging; von der erschütternden Diagnose, dass es sich dabei um eine Krebsgeschwulst in fortgeschrittenem Stadium handelte; von der Operation, der Chemotherapie, den Medikamenten und den endlosen Nachuntersuchungen.

Im Rückblick war ihr klar geworden, dass ihre Frau sie nicht wegen der Krankheit verlassen hatte, sondern dass sie selbst die Schuld daran trug. Ressler hatte nicht gewusst, wie sie mit den »Fehlfunktionen« ihres Körpers hatte umgehen sollen; genau genommen verstand sie es bis heute nicht. Sie war in Selbstmitleid versunken und hatte Gott und der Welt die Schuld an ihrem Zustand gegeben.

Zufällig am selben Tag, an dem die Scheidung rechtskräftig geworden war, hatte sie ein Kollege auf den Job auf der OceanOrbiter aufmerksam gemacht. Als die Zusage gekommen war, hatte sie Amerika Hals über Kopf verlassen.

»Du hast dich hier ganz schön isoliert«, meinte die Italienerin, als Ressler ihre Geschichte beendet hatte.

»Es war alles umsonst. Der Krebs ist noch da. Ich wollte niemanden damit belasten«, erklärte die Biochemikerin.

»Und jetzt? Ich meine ...«

»Wie lange ich noch habe?« Sie zuckte die Achseln. »Ein Jahr? Vielleicht zwei?«

»Bleib bei mir.«

»Hör zu, Molly ...«

»Sei still. Es ist alles gut, wie es ist.«

Als Ressler den Kopf durch die Tür steckte, blickte die Kommandantin von den Monitoren auf und grinste. Ihre Augen waren vor Müdigkeit rot umrändert, ihre Bluse sah aus, als hätte sie darin geschlafen, und der kleine Raum roch trotz der Klimaanlage nach Schweiß. All das ließ vermuten, dass sie die Nacht in der Leitstelle verbracht hatte.

»Guten Morgen!«, begrüßte Beller ihre Spielpartnerin mit aufgesetzter Freundlichkeit.

»Morgen«, antwortete Ressler und setzte sich an den kleinen Tisch mit dem Schachbrett. Dabei behielt sie den breiten Rücken ihrer Vorgesetzten im Auge. Diese schien noch zu tun zu haben, denn sie war in die Anzeigen der Monitore vertieft.

Also wandte sie sich dem Schachbrett zu.

Erstaunt stellte sie fest, dass Beller einen Zug mit dem schwarzen Läufer gemacht hatte und nun wieder die weiße Dame bedrohte. So war es ihr über Nacht gelungen, den Spieß umzudrehen.

Als Ressler aufsah, stellte sie fest, dass die andere Frau sie über die Schulter beobachtete. In ihrem Blick lag etwas Lauerndes, Herausforderndes, dessen sie sich wahrscheinlich gar nicht bewusst war.

Entschlossen erhob sich die Biochemikerin. Das Spiel konnte warten, sagte sie sich. Es wurde Zeit, sich um die echten Probleme zu kümmern, die sie beschäftigten.

Sie stellte sich neben die Leiterin der *OceanOrbiter* und verschaffte sich einen Überblick, was diese gerade machte.

Wie erwartet beobachtete Beller, was auf der Station vor sich ging. Der Monitor, den sie für die Bilder der Überwachungskameras benutzte, war in vier Ausschnitte unterteilt, die von Zeit zu Zeit automatisch wechselten. Auf einigen waren leere Gänge, verschlossene Türen oder mit Kisten gefüllte Regalreihen zu sehen. Andere zeigten Szenen aus verschiedenen Räumen, in denen sich Leute aufhielten. Ressler sah Bekannte und Kollegen beim Frühstück in der Kantine und zwei Taucher beim Arbeiten in der Werkstatt.

Einmal konnte sie einen kurzen Blick auf Tomas erhaschen, der bei Doktor Bernard auf dem Untersuchungstisch saß. Dann wechselte das Bild zu einem anderen Soldaten, der im Geschützraum Nummer 3 Liegestütze machte.

Die Hände der Kommandantin befanden sich in ständiger Bewegung. Gerade zoomte sie eine Gruppe aus der Kantine heran und bediente den Lautstärkeregler. Ressler konnte zwar nichts hören, ging aber davon aus, dass Beller über das Headset jedes Gespräch verfolgen konnte, das die Leute an den Tischen miteinander führten.

Als Beller ihre Spielpartnerin neben sich bemerkte, warf sie ihr einen irritierten Seitenblick zu. Ihre Miene verfinsterte sich augenblicklich.

»Eine perfekte Überwachung«, sagte Ressler.

»Sie erfüllt ihren Zweck. Aber glauben Sie nicht, dass mir das Spaß macht.«

»Das kann ich nicht beurteilen«, erwiderte die Biochemikerin mit ruhiger Stimme. »Ich frage mich bloß, ob Sie nicht Wichtigeres zu tun haben.«

Jetzt hatte Ressler ihre volle Aufmerksamkeit. Beller schnaufte gereizt, erhob sich von ihrem Stuhl und baute sich vor der Biochemikerin auf. »Ich wüsste nicht was!«, platzte es aus ihr heraus. »Ich finde, es gibt im Moment nichts Wichtigeres als das hier! Viele Leute haben offenbar keinen Funken Verstand mehr in ihrem Schädel!«

»Ich glaube, da irren Sie sich«, widersprach Ressler. »Alle machen sich Gedanken, wie es mit uns weitergehen soll. Natürlich ist nicht alles, was dabei herauskommt, umsetzbar. Aber Sie sollten mit uns darüber reden. Wir sind doch nicht blöd! Die Frage ist nur, ob Sie überhaupt ein Interesse daran haben, mit Ihrer Besatzung zu sprechen. Viele machen sich Sorgen, dass Sie nur noch irgendwelche Anweisungen befolgen, die irgendwann an irgendeinem grünen Tisch getroffen worden sind und keinen Bezug zu unserer Situation haben.«

Während sie sprach, war Roland in der Tür zum Funkraum erschienen und hatte sich mit der Schulter gegen die Stahlwand gelehnt. Er verfolgte das Gespräch nun interessiert.

Beller blieb äußerlich ruhiger, als Ressler erwartet hatte. »Zerbrechen Sie sich darüber mal nicht den Kopf«, sagte sie. »Ich denke, ich kann ganz gut beurteilen, was gut für uns ist und was nicht.«

»Sie sind also die richtige Frau für diesen Job.«

»Natürlich. Ich sehe niemanden, der besser dafür geeignet wäre.«

»Die ideale Befehlsempfängerin.«

»Nicht nachdenken, nur gehorchen? Ist es das, was Sie andeuten wollen?«

»Genau das meine ich.«

»Sie unterschätzen mich, Ressler.«

Bellers Tonfall: herablassend und höhnisch!, ärgerte sich die Biochemikerin. »Das glaube ich nicht«, erwiderte sie scharf. »Nicht, solange Sie mit der Besatzung weiter so umgehen, wie Sie es im Augenblick tun.«

Aldani und sie hatten beschlossen, einfach noch eine Weile liegenzubleiben. Sie schmiegten sich in der schmalen Koje eng aneinander und genossen die Wärme der anderen.

Ressler fühlte sich nach ihrem Gespräch befreit. Es war, als wäre sie eine Last losgeworden, die sie während der letzten Jahre niedergedrückt und klein gehalten hatte.

»Ich muss dich noch etwas fragen«, sagte sie zu der Taucherin.

»Hmm?«

»Es geht um heute Nacht, als Beller Giulio und seine Freunde verhaftet hat: Auf wessen Seite stehst du eigentlich? Also ich habe mich über beide geärgert: über deinen Bruder, weil er seine kleine Revolte aus dem Bauch heraus angezettelt hat, wahrscheinlich ohne an die Folgen zu denken, aber auch über die Alte, die meint, ach so vernünftige Entscheidungen zu treffen, die sich zum Teil als unmenschlich erweisen. Und dann noch ihr autoritäres Getue! Ich weiß echt nicht, wer nun im Recht ist und wer nicht.«

Die Italienerin dachte nach und zeichnete dabei mit den Fingern die Konturen der Narben auf Resslers Bauch nach.

»Ich war von Anfang an gegen das, was er geplant hat«,
antwortete sie. »Darum wollte ich ja, dass du mit ihm redest.
Doch was Signora Beller tut, ist auch nicht richtig. Wahr-
scheinlich ist keiner von beiden im Recht.«

»Stimmt.«

»Ich glaube, dein Problem ist, dass du für dich eine Ent-
scheidung treffen willst, zu der du stehen kannst. Eine, die
zu dir passt. Aber das muss nicht Giulios oder Signora Bel-
lers sein.«

»Du verstehst mich besser als ich selbst.«

»Ich bin eine kluge Frau«, sagte sie verschmitzt lächelnd,
»und darum weiß ich auch, was du heute als Erstes tun
solltest.«

Selten war Ressler sich ihrer Worte sicherer gewesen als
jetzt. »Sie sind eine vernünftige Frau«, fuhr sie fort, »vernünftig, aber zu hart! Dabei sollten Sie es besser wissen.
Kommen Sie den Leuten ein wenig entgegen, statt sie einen
nach dem anderen wegzusperren! Hören Sie ihnen einfach
zu. Das ist ja wohl das Mindeste!«

»Sind Sie jetzt fertig?«, fragte Beller gereizt.

»Lassen Sie mich noch etwas zu diesen Instruktionen
sagen, die in Ihrem Tresor liegen. An Ihrer Stelle würde ich
sie dort verschimmeln lassen! Fragen Sie sich doch mal,
von wem diese Anweisungen eigentlich stammen. Sind das
nicht dieselben Leute, die jahrzehntelang das Spiel vom
›Gleichgewicht der Kräfte‹ mit uns gespielt haben? Die
sich damit über die Interessen von Millionen hinwegge-
setzt haben? Und was ist aus ihrem Spiel geworden? Sie
sind damit kläglich gescheitert!«

Die Kommandantin setzte zu einer Erwiderung an, aber
Ressler war noch nicht fertig. »Da oben sterben viele Menschen«, sagte sie. »Sie werden zerfetzt, verdampft und ver-

strahlt, weil sie sich auf die Entscheidungen von Politikern, Militärs und sogenannten ›Spezialisten‹ verlassen haben. Das sind dieselben Leute, nach deren Pfeife Sie tanzen! Hören Sie nicht auf sie! Hören Sie lieber auf Ihre Besatzung! *Wir* sind hier die Spezialisten! Spielen Sie nicht länger den großen Diktator! Beziehen Sie uns mit ein!«

Beller hatte es sich offenbar anders überlegt, denn sie wandte sich ab. »Zur Kenntnis genommen«, entgegnete sie schmallippig.

»Und was wollen Sie jetzt tun?«, fragte die Biochemikerin irritiert.

»Ich habe nicht gesagt, dass ich Ihnen zustimme«, antwortete sie. »Sie haben Ihre Meinung, ich die meine. Der Unterschied ist der, dass ich auf der *OceanOrbiter* das Sagen habe. Ich werde auch weiterhin das tun, was ich für richtig halte, um unser Überleben zu sichern. Nehmen Sie das bitte zur Kenntnis!« Sie schien sich nur noch mit Mühe beherrschen zu können.

»Das kann doch nicht Ihr letztes Wort sein!« Ressler packte die Kommandantin an der Schulter und riss sie herum, um ihr in die Augen sehen zu können. »Halten Sie sich denn für Gott, dass Sie alleine bestimmen wollen, was Recht ist und was nicht?«, fuhr sie sie an.

»Verdammt nochmal! Ich bin immer noch die Leiterin dieser Station!«, brüllte Beller.

»Noch!«, rief Ressler aufgebracht.

Sie sah den Schwinger nicht rechtzeitig kommen. Die Faust traf sie direkt in den Magen. Ein stechender Schmerz durchfuhr ihren Körper von der Brust bis in die Beine hinunter.

Bevor sie zusammenklappte, traf sie der zweite Hieb seitlich am Hals. Sie wurde herumgeschleudert und fiel nach hinten.

Roland sprang hinzu. Er bekam den Oberkörper der Biochemikerin gerade noch zu fassen, bevor sie mit dem Kopf auf den Boden schlug.

»Sind Sie verrückt?«, blaffte er empört.

Ressler wusste nicht, wen er damit meinte: Beller oder sie selbst? Vor ihren Augen verschwamm alles. Der Schmerz in ihrem Magen war unerträglich. Er pulsierte rhythmisch mit dem Schlag ihres Herzens.

»Raus!«, brüllte Beller. »Das gilt für Sie beide! Hauen Sie ab! Gehen Sie mir aus den Augen!«

Roland half Ressler aufzustehen. Dabei übergab sie sich auf den Boden zu seinen Füßen.

»Nehmen Sie …«, krächzte sie und wurde mitten im Satz von einem Hustenanfall unterbrochen. Als sie wieder durchatmen konnte, stieß sie den jungen Mann von sich, richtete sich auf und sagte: »Nehmen Sie hiermit zur Kenntnis, dass ich keinen Finger mehr für Sie krumm machen werde.«

Beller stieß verächtlich die Luft aus der Nase und wandte sich wortlos ab.

8

»Die Angst, sterben zu müssen – ich war mir so sicher, dass ich sie längst überwunden hatte. Doch das war ein Irrtum. Ich habe wieder etwas zu verlieren! Heute, als das Chaos um uns herum tobte, wollte ich nur noch eines: überleben! Als ich in diesem kleinen Raum meine Augen wieder öffnete, stellte ich fest, dass ich zum zweiten Mal geboren worden war.«
Lisa Resslers Tagebuch

Molly Aldani hatte ihr den Rücken zugewandt und schimpfte. Weil sie sich ihrer Landessprache statt des in der Station gebräuchlichen Englischs bediente, verstand Ressler kein Wort. Sie vermutete, dass die Italienerin sowohl auf Beller schimpfte als auch auf sie, wenn auch jeweils aus verschiedenen Gründen.

Die Biochemikerin seufzte. Wenn sie in besserer Verfassung gewesen wäre, hätte ihr die Anteilnahme – denn das war Mollys Wortschwall ohne Zweifel – sicher gut getan. Augenblicklich jedoch, mit Magenschmerzen auf ihrer Koje sitzend, wusste sie deren Sorge nicht so recht zu schätzen.

Sie half Ressler auch nicht dabei, die Mischung aus Wut und Scham zu überwinden, die sie immer noch empfand, weil Beller sie niedergeschlagen hatte.

Die Italienerin verrührte mit hastigen Bewegungen das Pulver des Medikaments, das sie in der einzigen Schublade der Kabine gefunden hatte, in einem Glas Wasser, bis es sich vollständig aufgelöst hatte. Anschließend beugte sie sich zu ihrer Freundin hinunter. Bevor sie das Glas an ihre Lippen führte, gab sie ihr einen langen Kuss.

Während Ressler trank, streichelte Aldani ihre Wange, und einmal mehr versank die Biochemikerin in ihren braunen Augen. Das half. Ihre schlechte Stimmung verbesserte sich innerhalb weniger Minuten.

Kurz zuvor war sie bei Doktor Bernard, dem Arzt der Unterwasserstation, gewesen. Jetzt fiel ihr wieder ein, was ihr der alte Mann nach der Untersuchung mit auf den Weg gegeben hatte: »*Wut ist glücklicherweise nicht von langer Dauer*«. Die tröstenden Worte des Mediziners trafen offenbar zu.

»Du kannst dir gar nicht vorstellen, wie sehr ich mich in Rage geredet habe«, erklärte Ressler. »Ich weiß nicht, was da über mich gekommen ist. Normalerweise bin ich keine große Rednerin. Aber was mir vorhin im Turm alles eingefallen ist ...«

»Vielleicht ein bisschen zu viel?« Mit einem verschmitzten Lächeln griff Aldani nach Resslers Hand und küsste sie. »Du hast gesagt, was du sagen wolltest. Das zählt.«

»Ich habe wirklich alles versucht, Beller zu überzeugen. Doch sie war völlig unbeeindruckt!«

»Die Frau ist ein sturer Hund.«

»So kann man das auch nennen.« Ressler schüttelte fassungslos den Kopf. »Aber weißt du was? Ich bin froh, dass ich ihr meine Meinung gesagt habe. Vielleicht ist das ja noch zu etwas gut.«

»Für dich war es gut.« Aldani nickte ermutigend.

Kurz darauf musste die Taucherin wieder zurück zur Arbeit. Ressler folgte Bernards Rat und legte sich hin.

Nachdem sie bis zum frühen Abend abwechselnd gedöst und gelesen hatte, hielt sie es in ihrer Koje nicht länger aus. Sie schminkte sich zum zweiten Mal an diesem Tag und zog sich frische Kleidung an. Dabei betrachtete sie im Spiegel die Blutergüsse, die Bellers Fingerknöchel auf ihrem Hals hinterlassen hatten.

»Hübsch«, murmelte sie anerkennend und benutzte den Abdeckstift, um sie zu kaschieren.

Auf dem Weg zum Geschützraum hielt sie die Doktorandin auf, die gerade mit einem etwa gleichaltrigen Kollegen aus der Kantine kam. Der Vorfall in der Leitstelle hatte sich offenbar schnell herumgesprochen. Nun wollten die beiden unbedingt aus Resslers Mund hören, was sich im Einzelnen abgespielt hatte.

Da ihr die Situation peinlich war, schilderte sie den Streit nur in knappen Worten. Es freute sie zu erfahren, dass die beiden jungen Leute ihre Sicht der Dinge grundsätzlich teilten.

Schließlich erreichte sie den Geschützraum und spähte vorsichtig hinein.

Tomas war bereits auf seinem Posten. Er begrüßte sie mit einem breiten Grinsen im Gesicht. »Guten Abend! Sie stehen ja schon wieder!«

Ressler setzte sich seufzend neben ihn auf die kleine Bank. »Sie wissen es also auch schon.«

»Aber klar! Schließlich sind Sie die Heldin des Tages«, scherzte Tomas, um sich gleich darauf suchend umzuschauen. »Haben Sie den Wein vergessen? Oder hat die Alte auch noch Ihren Alkohol konfisziert?«

»Hab' ich vergessen«, gab die Biochemikerin zu. Sie senkte die Stimme zu einem Flüstern: »Wissen Sie auch, dass dieser Raum überwacht wird? Sie kann alles sehen und hören.«

»Roland hat mich beim Mittagessen auf den neuesten Stand gebracht. Jetzt weiß es jeder«, antwortete der Soldat hinter vorgehaltener Hand. Er lachte und wechselte wieder zu normaler Lautstärke. »Ist mir egal. Von mir aus können ruhig alle wissen, was ich denke.«

Natürlich musste Ressler ihre Geschichte noch einmal erzählen. Im Gegenzug berichtete ihr Tomas, was die Leute über die Festnahme Giulio Vitales und dreier weiterer Plantagenarbeiter so redeten. Was er in Erfahrung gebracht hatte, deckte sich im Wesentlichen damit, was sie, wenn auch nur vom Nebenraum aus, selbst erlebt hatte.

Zwei Neuigkeiten allerdings weckten ihr Interesse: Zum einen wusste Tomas, wo Beller die »Meuterer«, wie sie mittlerweile genannt wurden, eingesperrt hatte, nämlich in einem leergeräumten Lagerraum in der Nähe der Druckkammern. Zum anderen – und hier senkte er seine Stimme wieder – hätte eine Bekannte von ihm mit den Gefangenen sprechen können. Giulio hätte sich ihr gegenüber sehr zuversichtlich geäußert, dass sie schon bald wieder auf freiem Fuß sein würden.

Ressler war überrascht. Wenn Beller ihr heute früh mitgeteilt hätte, dass sie die Männer bald wieder entlassen würde, wäre der Streit sicher nicht so eskaliert. Aber vielleicht wollte die Kommandantin das ja auch gar nicht. Es konnte ja sein, dass jemand anderes vorhatte, die »Meuterer« zu befreien. Nur wer? Bislang hatte die Biochemikerin angenommen, dass der Italiener und seine Freunde die Einzigen waren, die aktiv gegen die Leiterin der *OceanOrbiter* opponieren wollten.

Tomas wusste nicht mehr als das, was er gehört hatte. Die Stimmung unter den Leuten wurde allerdings von Tag zu Tag schlechter, erzählte er.

Er hatte seinen Satz kaum zu Ende gebracht, da zerriss ein heller, pulsierender Pfeifton die Stille im kleinen Geschützraum.

»Sonarkontakt!«, rief der Soldat überrascht. »Sieht so aus, als kriegten wir Besuch.«

Er stürzte an seinen Monitor, setzte das Headset auf und schaltete mit einer schnellen Handbewegung auf Empfang.

»He!«, brüllte er in das kleine Mikrofon. »Ich hab da was auf dem Schirm. Könnt ihr da oben bestätigen?«

Ressler war versucht, näher heranzurücken, um einen besseren Blick auf den kleinen Bildschirm zu haben. Doch sie wagte nicht, sich zu bewegen.

»Bestätige«, war die Antwort aus dem Turm. »Ist keiner von uns. Kommt von oben.«

»Abschießen also«, murmelte der Soldat, noch bevor er den gleichlautenden Befehl aus der Leitstelle bekam.

Das Computersystem hatte den Gegenstand bereits angepeilt, der von oben auf sie heruntersank. Es brauchte nur Sekunden, um dessen voraussichtliche Bahn zu berechnen und die Abschusskoordinaten an die Torpedos zu übermitteln. Tomas musste nur noch auf den Knopf drücken.

Und das tat er. Kurz darauf war auf seinem kleinen Bildschirm zu sehen, wie sich mehrere Punkte gleichzeitig auf den von oben kommenden zubewegten.

»Bestimmt eine Wasserbombe«, sagte der Soldat. »Na warte!« Er rutschte unruhig auf seinem Platz hin und her. »Die kleinen Dinger sind einfach genial«, freute er sich. »Die haben ein aktives On-Board-Sonar für die Zielortung und steuern sich die letzten Meter quasi selbst.«

Ressler nahm die Information, die sich offenbar auf die Torpedos der *OceanOrbiter* bezog, zur Kenntnis. Jetzt hat uns der Krieg also eingeholt, dachte sie nur.

Zwei Explosionen waren zu hören, weit entfernt zwar, aber nah genug, um ihr kalte Schauer über den Rücken zu jagen.

Der Pfeifton hielt an. Mehr und mehr Punkte füllten die entstandenen Lücken auf dem Monitor. Tomas feuerte nun ohne Unterlass. Der Anzeige zufolge, taten seine Kameraden in den anderen Geschützräumen das gleiche.

Zum Glück schienen die modernen Waffen keines ihrer Ziele zu verfehlen. Schnell hintereinander waren weitere Explosionen zu hören, die alle in großer Distanz zur Station stattfanden.

Aber kaum, dass die zweite Welle an Wasserbomben abgewehrt war, tauchte auch schon eine dritte auf.

Während Ressler ihren Freund beobachtete, kam es ihr vor, als verfolgte sie einen Profi-Gamer bei einem Multi-Player-Onlinespiel, wie sie in ihrer Jugend modern gewesen waren – nur dass es bei diesem Spiel um ihr aller Überleben ging.

Wieder betätigte der Soldat den Abschussknopf im Zehnsekundentakt. Einmal sprang er fluchend auf, um die Nachlademechanik, die offenbar geklemmt hatte, mit zwei Fußtritten wieder zum Laufen zu bringen.

Nach weiteren fünf Minuten, die ihr wie eine Ewigkeit vorkamen, war der Monitor plötzlich leer. Doch Tomas' Einsatz war noch nicht beendet. Die Leitstelle musste den Angreifer mittlerweile ausgemacht haben, denn der Soldat erhielt einen neuen Befehl.

»Sie haben ein Schiff geortet«, erklärte er Ressler. »Wollen wir den Arschlöchern da oben mal zeigen, dass wir uns diesen Scheiß nicht länger gefallen lassen.«

Er drückte noch dreimal hintereinander den Knopf. Anschließend beobachtete er gespannt, wie sich seine Torpedos und die seiner Kameraden auf den Weg zur Wasseroberfläche machten.

»Jetzt heißt es warten«, sagte er. »Hoffen wir, dass der Kasten da oben keine Antitorpedosysteme hat.«

Ressler schwitzte. Sie klebte mit ihrer dünnen Bluse an der Stahlwand. Ihre Hände hatte sie fest an die Oberschenkel gepresst und lauschte den Geräuschen ringsum. Doch da war nichts, was das Alarmsignal, das nach wie vor pfiff, hätte übertönen können.

Plötzlich ließ ein lautes Dröhnen in unmittelbarer Nähe den kleinen Raum erzittern. Kurz waren Schreie zu hören, und der Boden unter ihren Füßen begann zu vibrieren. Draußen schloss sich geräuschvoll ein Schott. Unmittelbar darauf rauschte Wasser auf dem Gang und füllte ihn gurgelnd bis an die Decke.

Sie waren eingeschlossen.

»Ja!«, rief Tomas und riss sich das Headset vom Kopf. Offenbar hatten die Torpedos ihr Ziel getroffen.

Das Pfeifen des Alarms verstummte, und es wurde ganz still in dem Geschützraum – so still, dass Ressler hören konnte, wie sich das Wasser hinter der Tür bewegte.

Der Soldat wandte ihr sein schweißnasses Gesicht zu. »Alles okay mit Ihnen, Lisa?«, fragte er.

»Was war das?« Resslers Mund war ausgetrocknet. Ihre Lippen schmeckten salzig.

»Keine Ahnung. Wahrscheinlich ein Kriegsschiff, so, wie das bewaffnet war. Aber wir haben es erwischt«, gab Tomas betont lässig zurück.

»Hört sich so an, als hätten wir auch etwas abgekriegt«, sagte Ressler verunsichert. Konnte es sein, dass ihr Freund so auf den Abschuss konzentriert gewesen war, dass er von dem Einschlag in der Nähe nichts mitbekommen hatte?

Der Soldat nickte. »Mal sehen, ob die im Turm mehr wissen.« Er nahm sein Headset wieder auf und klopfte mit dem Zeigefinger gegen die rechte Hörmuschel.

Der Lautsprecher knisterte, dann war, ganz leise, eine Stimme zu hören. »Achtung, Torpedoraum drei! Melden Sie sich! Hallo? Raum drei?«

»Ja! Hallo!«, antwortete Tomas, so laut er konnte. »Wir hören! Wir sind noch da.«

Resslers verkrampfter Rücken entspannte sich.

»Modul 16 ist beschädigt. Hört ihr? Wassereinbruch in Modul 16. Bleibt, wo ihr seid!« Das war Rolands Stimme.

»Bestätige. Wir warten.«

»Wir holen euch bald da raus, Leute!«

Nie hätte Ressler gedacht, dass sie sich einmal so sehr über die Stimme des Funkers freuen würde. Ja, sie wollte leben! Sie hing an jedem einzelnen Tag, der ihr noch blieb. Das war ihr in den letzten Minuten klar geworden.

9

»Als die Fremdenfeindlichkeit in Deutschland unerträglich wurde, schmiss ich meinen Lehrauftrag in Berlin und kehrte in die USA zurück. Meine Vermieterin, eine gebildete alte Dame, schickte mir ein paar Sachen nach und legte eine

Am Nachmittag des darauffolgenden Tages standen sie vor den großen Sichtfenstern des Turms: Malraux, der Wissenschaftsminister, Marc Roland, Molly Aldani und Lisa Ressler. Sie beobachteten die Taucher, die an verschiedenen Stellen der Unterwasserstation mit Reparaturen und Bergungsarbeiten beschäftigt waren.

Die erste Krise lag hinter ihnen. Sie hatten ihrem Angreifer, wer auch immer das gewesen sein mochte, die Zähne gezeigt. Er hatte nicht damit gerechnet, dass sich die *OceanOrbiter* verteidigen konnte, geschweige denn, dass sie zum Gegenangriff übergehen würde.

Ihr Erfolg hatte ihnen allen neues Selbstbewusstsein gegeben.

Doch es gab auch Tote zu beklagen. Eine Wasserbombe hatte die Station erreicht und war über einem Lagerraum detoniert. Die Kuppel war schwer beschädigt worden, und das eindringende Wasser hatte zwei Menschen das Leben gekostet. In einem Umkreis von fast hundert Metern bildeten die Bruchstücke der Außenhülle dunkle Flecke auf dem hellen Sandboden. Taucher bargen die größeren Teile, die eventuell noch verwendet werden konnten.

Eine zweite Bombe war abgetrieben und in den Algenplantagen niedergegangen. Die Explosion hatte einen Teil der wertvollen Nahrung vernichtet.

Die Stimmung in der Leitstelle war angespannt. Das lag aber nicht an den Verlusten, die die Station erlitten hatte, sondern daran, was sich nach dem Angriff im Turm abgespielt hatte.

»Was sollte ich denn anderes tun?«, fragte Roland und durchbrach damit das Schweigen, das wie eine Wand zwischen ihm und den anderen gestanden hatte.

Ressler sah die Verzweiflung im Gesicht des jungen Mannes. Dagegen war aus der verschlossenen Miene Malraux', der seit Minuten kein Wort mehr gesagt hatte, keinerlei Gefühlsregung abzulesen.

»Sie wissen ja selbst, wie überreizt die Alte die letzten Tage über war«, fuhr Roland fort, sich zu rechtfertigen. »Nachdem ich ihr erzählt hatte, dass das SOS-Signal wieder da war, wollte ich wissen, ob wir uns das nicht doch einmal anschauen sollten. Ich hatte nicht mit so einer heftigen Reaktion gerechnet. Sie ging sofort auf mich los!«

Der Funker schüttelte den Kopf. »Ich konnte sie kaum überwältigen. Zum Glück kam gerade einer der Soldaten herein, der mit anpackte. Selbst dann hat sie noch weiter rumgebrüllt und um sich geschlagen. Der Doktor musste ihr eine Beruhigungsspritze geben, bevor wir sie auf die Krankenstation bringen konnten.«

»Ein Nervenzusammenbruch«, murmelte Ressler nachdenklich. Damit hatte sie nicht gerechnet. Dass Beller den Kopf verloren und Roland attackiert hatte, ließ auch die Handgreiflichkeit ihr selbst gegenüber in einem neuen Licht erscheinen.

Malraux betrachtete seine Fingernägel und räusperte sich. »Einer der Soldaten hat heute die Gefangenen befreit. Monsieur Vitale ist vor ein paar Stunden losgefahren, um die Menschen auf der Insel zu treffen und vielleicht schon den einen oder anderen zu uns herunterzuholen.«

Der Italiener hatte sich also durchgesetzt, dachte die Biochemikerin, und Malraux schien nicht einmal etwas dagegen einzuwenden zu haben! Beides überraschte Ressler. Sie hatte mit weiteren Protesten gegen Bellers harte Haltung gerechnet, aber nicht damit, dass sich der Konflikt der letzten Tage quasi von selbst lösen würde. Dass die Kommandantin – vermutlich unter der Last der Verantwortung – zusammengebrochen war, hatte ihren Widersachern einen triftigen Grund, ja, einen legalen Vorwand in die Hände gespielt, ihr die Leitung der *OceanOrbiter* zu entziehen.

»Was passiert jetzt mit Signora Beller«, fragte Molly Aldani.

Roland sah betreten zu Boden. »Im Augenblick ist sie ruhiggestellt«, antwortete er. »Der Doktor meinte, sie bräuchte in den nächsten Tagen erst einmal viel Schlaf.«

»Das heißt, dass wir jemanden finden müssen, der Madame Bellers undankbare Aufgabe übernimmt«, erklärte Malraux. Es war nicht zu überhören, dass er dabei in erster Linie an sich selbst dachte.

Bei seinen letzten Worten betrat Giulio Vitale, gefolgt von zwei Soldaten und einigen Technikern, den Turm. Aldani freute sich, ihn wohlbehalten wiederzusehen und begrüßte ihn überschwänglich. Der Italiener nahm sie in den Arm und drückte sie fest an sich.

Anschließend warf er der Biochemikerin einen vielsagenden Blick zu und zuckte die Achseln. Mit dieser Geste schien er sein Bedauern darüber ausdrücken zu wollen, welche Wendung der Konflikt mit ihrer Schachpartnerin genommen hatte.

»Meine Herren, bitte!«, meldete sich der Minister zu Wort. Ihm war es sichtlich nicht recht, dass sich so viele Menschen in die Leitstelle drängten, die in seinen Augen nichts darin zu suchen hatten.

Die Männer grüßten den untersetzten Mann respektvoll, ignorierten ihn jedoch im Folgenden. Ihr Verhalten machte deutlich, dass sie Malraux bei dem, was sie vorhatten, keine herausragende Rolle beimaßen.

Vitale ging sofort auf die Steuerkonsolen und Monitore zu. Er beugte sich über die Kontrollen und fragte Roland und die Techniker, ob sie ihm die Funktion der verschiedenen Geräte erklären konnten.

Als Ressler den drahtigen Mann dort stehen sah und beobachtete, wie selbstverständlich er in die Rolle eines Anführers schlüpfte, fragte sie sich, was für Ziele er wohl haben mochte. Der Italiener hatte Einfluss, Freunde und Unterstützer. Darum hatte sie keine Zweifel, dass er bei den Entscheidungen, die auf der Unterwasserstation in nächster Zukunft zu treffen waren, ein wichtiges Wort mitreden würde.

Aber war er den Aufgaben eines Leiters und Koordinators gewachsen?

In diesem Zusammenhang stellte sich Ressler die viel grundsätzlichere Frage, ob die Besatzung überhaupt jemanden brauchte, der ihr sagte, was sie zu tun und zu lassen hätte. Ihr selbst gefiel der Gedanke, eine Art Leitungsgremium zu installieren, das aus Experten bestand, die im Konsens entschieden. In einem solchen Team wäre auch Bellers kühler Kopf gut aufgehoben, sollte es ihr erst einmal wieder besser gehen.

Doch würden sich so unterschiedliche Persönlichkeiten wie Vitale und Beller nach allem, was vorgefallen war, noch gemeinsam an einen Tisch setzen können? Hätte sie, Lisa Ressler, es gekonnt?

Aldani nahm ihre Hand und drückte sie fest. Sie spürte die Unruhe ihrer Freundin, ahnte, worüber sie nachdachte und welche Fragen sie in diesem Augenblick bewegten.

Malraux hatte die Männer an den technischen Instrumenten eingeschüchtert beobachtet. Nun straffte er die

Schultern und stellte sich zu ihnen. »Ich sehe, dass es Ihnen gelungen ist, einige Leute für Ihre Pläne zu gewinnen«, sagte er mit einem gewinnenden Lächeln.

Der Italiener blickte von den Kontrollen auf und lächelte ebenfalls. »Das hoffe ich, obwohl ... Von Plänen würde ich nicht sprechen. Ich habe nämlich noch keinen, außer dem, die beiden Familien, die auf der Insel gestrandet sind, zu uns einzuladen ... und irgendwie nach weiteren Überlebenden Ausschau zu halten.«

»Also werden Sie das Kommando übernehmen?«, fragte der Minister.

Vitale lachte auf. »Ich? Bestimmt nicht! Ich wollte nur wissen, wie das hier alles funktioniert. Nein, ich finde, jeder muss mitreden, was wir in Zukunft machen. Das müssen wir jetzt irgendwie organisieren.«

Aldani musterte ihren Halbbruder skeptisch: »Wie wollt ihr das machen?« fragte sie ihn.

Er überlegte kurz. Dann wandte er sich an alle Anwesenden: »Was haltet ihr davon, wenn wir uns heute Abend in der Kantine versammeln? Sagt es allen weiter. Es sollen möglichst viele kommen. Vielleicht können wir eine Gruppe wählen, die für die nächste Zeit die Führung übernimmt. Alles Weitere entscheiden wir später.«

Ressler nickte anerkennend. Sie musste zugeben, dass sie den Mann unterschätzt hatte. Wenn es darauf ankam, war er weitaus mehr als der unbedachte Hitzkopf, den sie in ihm gesehen hatte.

Doch was dann?, fragte sie sich. Was würde aus ihnen werden? Auch die Gründung eines Leitungsgremiums änderte im Grunde nichts an ihrer Situation.

Sie schob diesen Gedanken schnell wieder von sich. *Jetzt bloß nicht wieder alles schwarzmalen*, ermahnte sie sich selbst.

Ja, sie hatten Schwierigkeiten, ausreichend Sauerstoff, Nahrung und Wasser zu beschaffen. Und ja, durch die Aufnahme weiterer Überlebender würden diese Probleme nicht kleiner werden – im Gegenteil.

Aber die Lösung bestand nicht darin zu lamentieren, sondern darin, sich an die Arbeit zu machen. Sie mussten die Projekte, die sie bereits angefangen hatten, erfolgreich zum Laufen bringen. Und für die Zukunft galt es, neue Ideen zu entwickeln und diese – wenn sie denn Erfolg versprachen – auch umzusetzen.

Sie würde ihren Teil dazu beitragen, solange sie noch konnte.

Aldani sah sie an, und ein Lächeln huschte über ihr Gesicht. Sie drückte noch einmal Ressler Hand, und gemeinsam verließen sie den Turm.

10

»Wie eine Seuche breitet sich die Radioaktivität über den ganzen Planeten aus. Diesem unsichtbaren Angreifer ist niemand gewachsen. Trotzdem habe ich Hoffnung. Kann es sein, dass ich diese in mir selbst finde? In meiner Liebe zu anderen und meiner Arbeit für sie? Ich weiß es nicht. Oder doch? Wie oft gebe ich vor, etwas nicht zu wissen, weil ich es mir einfach nicht vorstellen kann.«
Lisa Resslers Tagebuch

Ein leises Klopfen ließ sie hochschrecken. Sie musste beim Lesen eingenickt sein.

Als Ressler »Herein« rief, steckte Wu, der Lagerverwalter, seinen Kopf durch den Türspalt. Er grüßte knapp, legte ein Infopad auf den Schreibtisch und schloss die Tür wieder, bevor sie sich auch nur bedanken konnte.

Die Biochemikerin richtete sich im Sessel auf und rieb sich die Schleier von den Augen. Mit einem kurzen Blick in ihre Koje vergewisserte sie sich, dass der nächtliche Besucher Molly Aldani nicht geweckt hatte.

Daraufhin stand sie unentschlossen auf, reckte sich und tastete flüchtig über ihre Bauchdecke. Keine Schmerzen heute, schon den ganzen Tag nicht.

Sie gähnte zufrieden und setzte sich wieder.

Allmählich kehrte ihre Erinnerung zurück. Da Aldani am nächsten Tag Frühschicht hatte, war sie zeitig zu Bett gegangen. Ressler hatte noch ein wenig in ihrem Tagebuch lesen wollen, bevor sie ebenfalls schlafen ging.

Sie fand die rote Kladde aufgeschlagen unter dem kleinen Lampentisch und legte sie sich in den Schoß. Als sie sah, dass ihre Notizen in der Mitte der linken Seite endeten, überflog sie wahllos einige Zeilen im vorletzten Absatz, um festzustellen, was sie zuletzt geschrieben hatte.

»Nur drei der Besatzungsmitglieder stimmten gegen Giulios Vorschlag«, las sie. *»In das neue Leitungsgremium, das zunächst für vier Wochen eingesetzt ist, wurden Vitale, Malraux sowie ein Mann und eine Frau gewählt, die die Techniker und die Arbeiter vertreten.«*

Sie schüttelte lächelnd den Kopf. Seit diesem Eintrag waren drei Monate vergangen. Ein Vierteljahr! Seitdem hatte sie nur von Zeit zu Zeit eine kurze Notiz zwischen die Seiten geschoben. Wahrscheinlich würde sie nie dazu kommen, all das nachzutragen, was seitdem passiert war. Dazu fehlte ihr einfach die Zeit.

Die Biochemikerin gähnte noch einmal und wandte sich dem Infopad zu. Wie erwartet handelte es sich dabei um den monatlichen Bericht der »PG«, der neuen Planungsgruppe. Er bestand aus einer knappen Auflistung aller Aktivitäten der »Pee Gees« inner- und außerhalb der Station.

Ressler schmunzelte, als ihr auffiel, dass sie die vier Mitglieder der Gruppe in Gedanken automatisch bei ihrem Spitznamen nannte, den inzwischen fast jeder benutzte. Sie verdankten ihn Doktor Bernard – von Anfang an ein strikter Gegner der rotierenden Führung – der versicherte, das Kürzel wäre eine Anspielung auf eine »im Falsett fiepende« Popgruppe aus dem vergangenen Jahrhundert.

Der Bericht war wie üblich knapp und informativ und enthielt zudem wenig, was sie nicht schon wusste. Sie schätzte diese übersichtliche Form der Information, die gewöhnlich per Pads von einem zum anderen weitergereicht wurde. Ihr Arbeitstag betrug nicht selten zehn Stunden und mehr. Die private Zeit, die noch blieb, wollte sie mit Aldani verbringen und nicht mit trockener Lektüre.

Trotz ihrer Erschöpfung gelang es ihr, sich auf den Text zu konzentrieren und das Update in einer Viertelstunde zu überfliegen.

Die Besatzung der *OceanOrbiter* schien die Verzweiflung, Mutlosigkeit und Trauer, die in den ersten Wochen nach Kriegsausbruch allgegenwärtig gewesen waren, abgeschüttelt zu haben. Je mehr sich die Kolleginnen und Kollegen mit ihrer Situation abgefunden hatten, desto größer war ihre Bereitschaft geworden, sich für die anderen einzusetzen. Zum Beispiel hatten die Taucher das Anbaugebiet für Seetang erheblich erweitert. Die Erträge hatten sich dadurch bereits um knapp fünfzehn Prozent erhöht. Ihnen war es auch maßgeblich zu verdanken, dass die Befestigung und Vergrößerung der Station voranschritt.

Die Wissenschaftler und Techniker verbrachten zum Teil Tag und Nacht an ihren Arbeitsplätzen. Vor zwei Wochen war es ihnen endlich gelungen, eine zusätzliche Entsalzungsanlage in Betrieb zu nehmen, wodurch sich die Wasserversorgung merklich verbessert hatte.

Resslers Team unterstützte den Biologen derzeit bei seinen Versuchen, die organischen Abfälle bakteriell wiederaufzubereiten. Außerdem hatten die Doktorandin und sie die Aufgabe übernommen herauszufinden, ob und wie sich der Nährwert der Anbaupflanzen optimieren ließ.

Die Arbeit ihres Teams wurde von allen hoch geschätzt. Denn was Ressler einmal im Scherz prophezeit hatte, war mittlerweile Realität geworden: Auf der Speisekarte stand Seetang an oberster Stelle. Wenn es zu den Mahlzeiten einmal Fleisch gab – ein Nahrungsmittel, das streng rationiert war –, dann ausschließlich in Form von Fisch, Krebs oder Muscheln.

Der Bericht enthielt auch die Rückschläge der letzten vier Wochen. Zwar hatten sich die Fotosyntheseräume in Verbindung mit der allgemeinen Bepflanzung der Wohn- und Aufenthaltsbereiche als effektiv erwiesen. Alle anderen Projekte, mehr Sauerstoff zu gewinnen, mussten jedoch aufgegeben werden. Darum suchten die Techniker derzeit nach Wegen, die Rückgewinnung zu verbessern. Denn obwohl es derzeit noch keine Anzeichen dafür gab, war mit einer radioaktiven Verseuchung der Erdatmosphäre zu rechnen.

Gedankenverloren legte sie das Infopad neben sich auf den Boden. Wie lange würde es noch dauern, bis die Radioaktivität die Inseln in der Nähe der *OceanOrbiter* erreichte? Spätestens dann mussten sie eine dauerhafte Lösung für ihr Sauerstoffproblem gefunden haben.

Von Roland wusste sie, dass er mit mehreren kleinen Gruppen in Kontakt stand, die den Krieg überlebt hatten. Die meisten von ihnen saßen in Bunkern inmitten strahlenverseuchter Gebiete fest. Für diese Menschen konnten sie nichts tun. Andere durchstreiften auf der Suche nach Nahrung und Unterschlupf die ausgebombten Städte.

Doch Rettungsmissionen, wie sie Giulio Vitale einmal im Sinn gehabt hatte, schloss die Planungsgruppe ein ums andere Mal kategorisch aus. Die Unterwasserstation lag so abgelegen, dass sie einfach nicht genug Energie gehabt hätten, um das Festland mit U-Mobilen zu erreichen.

Ihre Möglichkeiten beschränkten sich somit darauf, den verstreuten Überlebenden Mut zuzusprechen. Das Wissen, nicht alleine zu sein, trug laut Roland bereits viel dazu bei, dass sie an ihrer Lage nicht verzweifelten.

Ein bitterer Zug legte sich um Resslers Mundwinkel. Wir sind ziemlich machtlos, dachte sie bei sich.

Sie wog die Erfolge und Misserfolge der letzten Monate gegeneinander ab und nickte zustimmend. Ja, sagte sie sich, trotz so mancher Rückschläge war es dennoch großartig, was sie gemeinsam erreicht hatten.

Die »Pee Gees« hielten alle Fäden straff in der Hand. Gemeinsam regelten sie die Verteilung der Aufgaben und überwachten die Ergebnisse. Von ihnen hing es ab, ob ein Raum für diesen oder jenen Zweck zur Verfügung stand, ob die Arbeit von einem oder mehreren Mitarbeitern getan und ob ein aufwendiges Projekt fortgeführt oder eingestellt wurde. Die Gruppe traf sich täglich im Turm, um aktuelle Informationen auszutauschen. Da ihre Zusammensetzung nach wie vor wechselte, konnten inzwischen viele Besatzungsmitglieder weit über die Grenzen ihres eigenen Fachbereiches hinaus mitreden, urteilen und entscheiden.

Vier Wochen nach ihrem Nervenzusammenbruch war Beller erstmals in den Kreis der Verantwortlichen gewählt worden. Giulio Vitale selbst hatte sich, von den zahlreichen Herausforderungen ernüchtert, bei der Wahl für sie eingesetzt. Schließlich besaß kein anderer ihre Erfahrung.

Natürlich war die Zusammenarbeit der beiden in dem Gremium nicht gerade harmonisch verlaufen. *Und wenn schon!*, dachte Ressler. Die guten Ergebnisse sprachen für sich.

Im Vormonat war Bellers Posten turnusgemäß an eine andere Person gegangen. Sie hatte daraufhin »einen früheren Brotjob« wieder aufgenommen, wie sie selbst sagte, und machte sich derzeit bei der Vergrößerung der Station am Schweißgerät nützlich.

Ressler war ihr erst vor ein paar Tagen in der Kantine begegnet. Die beiden Frauen hatten sich daraufhin im Turm verabredet, wo sie die unterbrochene Partie Schach fortgesetzt und ihre Gedanken über die jüngsten Ereignisse ausgetauscht hatten.

Das Treffen war Ressler in guter Erinnerung geblieben. Sie war erstaunt gewesen, dass sich schon bald dieselbe Vertrautheit wieder eingestellt hatte, die sie von ihren gemeinsamen Abenden vor dem Krieg kannte. Sie hatte Beller nie als eine Freundin angesehen. Doch sie war froh, dass die Konflikte, die vor drei Monaten hochgekocht waren, nicht mehr zwischen ihnen standen.

»Wahrscheinlich ist keiner von beiden im Recht«, erinnerte sie sich an Aldanis Bemerkung, als sie der früheren Kommandantin an dem kleinen Spieltisch gegenübersaß.

Und plötzlich erkannte sie, wie gut es für die Frauen und Männer auf der Station letztlich war, dass so verschiedene Menschen wie Beller und Vitale, Malraux und der alte Bernard, Tomas, sie selbst und viele andere jetzt Kompromisse eingehen mussten.

»Nicht alles, was vernünftig ist, ist auch moralisch korrekt«, sprach Ressler einen Gedanken laut aus, der ihr durch den Kopf ging.

Ihre Schachpartnerin verstand sie sofort. »Ausgewogenheit«, sagte sie nachdenklich.

Dann sah sie auf und schaute Ressler lange in die Augen, als überlegte sie, ob sie der Biochemikerin trauen konnte oder nicht. »Ich wollte unbedingt in diese Planungsgruppe gewählt werden«, gestand sie ihr schließlich. »Ich war davon überzeugt, dass dieser aufsässige Italiener und seine Freunde uns über kurz oder lang umbringen würden und dass meine Stimme unbedingt gehört werden muss.«

Sie senkte den Blick wieder auf das Schachbrett und lachte in sich hinein. »Ich war einfach total misstrauisch. Ich bin es immer noch. Aber das Misstrauen, die Angst, alles zu verlieren, was wir noch haben, belasten mich nicht mehr. Sie glauben mir das vielleicht nicht, nach allem, was passiert ist. Doch ich sehe, dass es auch ohne mich geht. Wir sind auf einem guten Weg. Oder was meinen Sie?«

»Wir leben«, antwortete Ressler nur.

Sie schob das Tagebuch in den Spalt zwischen der Armlehne des Sessels und ihrem rechten Oberschenkel. *Heute nicht mehr*, dachte sie. Morgen hätte sie sicher Zeit, die Einträge endlich zu aktualisieren.

Dann löschte sie das Leselicht und schloss die Augen.

Noch vor einem Vierteljahr war Ressler verzweifelt gewesen. Sie hatte das Gestern zu vergessen gesucht und auf kein Morgen zu hoffen gewagt.

Dieser Mensch war ihr fremd geworden. *Wir leben*, wiederholte sie im Stillen, und in der einfachen Feststellung schwang eine tiefe Zufriedenheit mit.

Bei diesem Gedanken schlief sie endlich ein.

SCHNEEKÖNIG

Er konnte heute Nacht nicht schlafen, weiß der Teufel, warum. Seit Stunden lag er nun schon da, drehte sich von einer Seite auf die andere und versuchte abwechselnd, an gar nichts oder an etwas Schönes zu denken. Aber das half kein bisschen. *Scheiße*, dachte Grendel. So lange er sich erinnern konnte, war ihm das noch nie passiert. Er hatte immer seinen Schlaf bekommen, wenn er ihn brauchte. Doch irgendetwas war anders in dieser Nacht. Es war so ruhig draußen. Zu ruhig.

Er wälzte sich wieder auf die linke, seine Lieblingsseite, zog die Felldecke über die Schulter bis hoch an den Hals und strampelte sie mit den Füßen zurecht, bis sie die Beine fest umschloss. Dann seufzte er. Wahrscheinlich bildete er sich nur ein, dass etwas nicht stimmte.

In der Hütte herrschte eine klirrende Kälte – wie immer zu dieser späten Stunde. Als sie vor drei Jahren hier eingezogen waren, Linnea und er, da hatte er angenommen, dass sie sich mit der Zeit an die eisigen Nächte gewöhnen würden. Aber das hatten sie bis heute nicht. Man ertrug diese Temperaturen nur, wenn man mit langer Unterwäsche, einem dickem Pullover und manchmal sogar im Mantel schlief. *So wie jetzt*, dachte er. Zumindest an das Schlafen in dicker Kleidung hatten sie sich gewöhnt. Es war unbequem, aber notwendig. Anderenfalls wären sie nachts erfroren.

Unwillkürlich lauschte er den Geräuschen von draußen. Der Wind, der bis zum späten Abend um die Ecken der Hütte geblasen hatte, war kaum noch zu hören. Vielleicht irritierte ihn gerade das. Tagelang hatte ein wütender Sturm getobt und viel Schnee mit sich gebracht. Heute war der Wind sanfter geworden. Das hatte die Arbeit im Freien deutlich erträglicher gemacht.

Von der Vorderseite der Hütte her drang ein leises Winseln an seine wachsamen Ohren. Es beunruhigte ihn zunächst nicht weiter, denn dieses Geräusch war ihm ebenso vertraut wie das gleichmäßige leise Blubbern der heißen Quelle, die nur ein paar Meter entfernt lag. Es kam von Roger und Nico, den beiden Hunden, die zu dieser Tageszeit normalerweise dicht aneinandergeschmiegt in ihrem Bretterverschlag lagen. Die beiden waren ein unzertrennliches Paar. Linnea und er betrachteten die Hunde, seitdem sie sie hier gefunden hatten, als ihre treuesten Gefährten.

Vielleicht träumen sie nur, dachte er und war ein bisschen neidisch auf die Tiere, weil sie schlafen konnten und er nicht.

Erneut stimmten die Hunde ein Winseln an, diesmal beide, und es klang beinahe fragend. Durch die dicke Holzwand hörte er die Decke auf dem getrockneten Gras rascheln. Die Tiere bewegten sich in ihrer kleinen Hütte. Er hatte sich also geirrt. Auch sie schienen heute keinen Schlaf zu finden.

Was ist an dieser Nacht so besonders?, fragte er sich. Widerwillig richtete er den Oberkörper ein wenig auf, stützte sich auf einen Ellenbogen und lauschte angestrengt in die Dunkelheit. Doch so sehr er sich auch konzentrierte: Da war nichts Ungewöhnliches, geschweige denn Bedrohliches zu hören.

Für einen Moment drängte es ihn, aufzustehen und sich draußen umzusehen. Er konnte sich aber nicht dazu aufraffen.

In seinem Rücken ertönte ein leises Husten. Er wandte den Kopf und versuchte, in der Schwärze hinter sich etwas zu erkennen. Linnea lag, das Gesicht zur Wand gedreht, auf der anderen Seite ihres gemeinsamen Schlaflagers. Sie war fest eingepackt in ihre wärmsten Sachen, mit Fäustlingen über den zartgliedrigen Händen und einer Fellkappe über dem strohblonden Haar.

Es stand schlecht um sie, das wusste er. Man musste kein Arzt sein, um festzustellen, dass sie eine Lungenentzündung hatte. Trotz der Medikamente, die sie regelmäßig einnahm, litt sie schon eine ganze Zeit lang daran. Fast drei Wochen, er hatte die Tage gezählt. Grendel war sich mittlerweile sicher, dass sie von einem dieser Erreger geplagt wurde, die gegen Antibiotika resistent waren. Und ihm war klar, dass er das Schlimmste befürchten musste, wenn sich ihr Zustand nicht bald änderte.

Doch noch hatte er Hoffnung. Während der letzten Jahre waren viele Menschen an den neuen Bakterienstämmen erkrankt. Die meisten von ihnen hatten überlebt.

Schuld an Linneas Lage war letztlich er. Das war es, was ihn fertig machte. Natürlich hätte er es auf das Wetter schieben können, dass sich ihre leichte Erkältung innerhalb von zwei Tagen in eine schwere Infektion verwandelt hatte – so schwer, dass sie bei der Arbeit schließlich einfach umgefallen war. Aber Grendel war sich selbst gegenüber ehrlich: Es war seine Idee gewesen herzukommen. Also war es auch seine Schuld.

*

Sein Plan war ihm zunächst genial erschienen.

Nach den Hungeraufständen, dem Sturm auf das Rathaus und dem Brandanschlag auf das Parlament, bei dem das Althinghaus in Flammen aufgegangen war, harrte er monatelang in der Wohnung seiner Eltern in Vesturbær aus. Aber er war dort nicht mehr sicher. Inzwischen marodierten schwer bewaffnete Banden durch ganz Reykjavík und tyrannisierten die in der Stadt verbliebenen Bewohner. Er musste hier verschwinden. Und wenn der Weg nach Süden, rüber aufs europäische Festland, mittlerweile komplett versperrt war, dann musste er eben nach Nordosten. Auf der anderen Seite der Insel wollte er nach einer Unterkunft suchen, die in der Nähe eines Geysirs oder einer heißen Quelle lag. Dort konnte er den Wahnsinn, der die ganze Welt erfasst hatte, vielleicht einfach in Ruhe aussitzen.

Waffen und Munition besaß er bereits. Zum Glück gehörten für seine Eltern eine Pistole und ein Jagdgewehr zur Grundausstattung jeder ihrer Wohnungen. Grendels Vater hatte ihn zudem schon als Jugendlichen im Umgang mit Waffen ausgebildet.

Schwieriger war es gewesen, sich ein Schneemobil und Kraftstoff zu beschaffen. Das hatte ihn auf dem Schwarzmarkt seine letzten Ersparnisse gekostet. Aber wozu hätte er das Geld auch sonst benutzen sollen? Die Schlepper, die jahrelang Fluchtwege Richtung Süden organisiert hatten, waren dank ihrer zahlungskräftigen Kundschaft selber reich geworden und längst von der Insel verschwunden.

Selbst wenn sich ihm die Chance geboten hätte, aus Island zu fliehen: Wie weit wäre er gekommen? Sicher nicht bis nach Malawi, wo seine Eltern seit einigen Jahren lebten. Vielleicht bis nach Portugal oder Spanien. Aber wer hätte ihm garantieren können, dass dort nicht plötzlich ein neuer Krieg aufflammte? Der Kampf um die fruchtbarsten Flecken dieser Erde war schließlich überall im Gange, und er wurde gnadenlos ausgefochten.

Nein, der Nordosten musste es sein. Dort wäre es jetzt, da sich die letzten Inselbewohner in der Hauptstadt zusammendrängten, sicher menschenleer.

»Wir nehmen alle Vorräte mit, die wir auftreiben können, suchen uns das Werkzeug zusammen, das wir brauchen, und fahren einfach los«, erklärte er seinen beiden engsten Freunden, die wie er in Reykjavík festsaßen. »Wir suchen uns eine Unterkunft, jagen Robben und Rentiere und lassen es uns gut gehen.«

Sein wichtigstes Argument: Sie würden dort sicher sein. Keine schießwütigen Irren auf der Straße. Keine Nächte mehr, in denen man vor lauter Angst, in den eigenen vier Wänden überfallen zu werden, stundenlang wach lag. »Und wenn alles vorbei ist, kommen wir zurück.«

Aber sie schüttelten die Köpfe, seine Freunde ebenso wie die Bekannten, die er anschließend fragte, ob sie ihn begleiten wollten. Er erhielt nur Absagen. Und damit nicht genug: Einige von ihnen gaben sich auch noch große Mühe, ihm sein Vorhaben auszureden! Machten sie sich Sorgen um ihn? Das hätte Grendel zu schätzen gewusst. Er vermutete jedoch, dass sie ihn vielmehr für einen Träumer, wenn nicht für einen Spinner hielten.

Wie auch immer, er ließ sich nicht von seinem Vorhaben abbringen. Sollten die anderen doch denken, was sie wollten. Er wollte seinen Plan in die Tat umsetzen. Er war optimistisch und hatte den Kopf voller Ideen.

*

Linnea hatte zu ihm gehalten. Sie hatte ihm in den vergangenen Jahren immer wieder Antrieb gegeben und Mut gemacht.

Doch jetzt, wo sie ihn brauchte, konnte er nichts für sie tun. Er fühlte sich so hilflos! Am liebsten wäre er sofort aufgesprungen, hätte die Axt von der Wand genommen und versucht, irgendwo etwas Holz aufzutreiben, um damit den Ofen zu füttern. Oder er hätte die Hacke geschultert und versucht, die Rinne zur heißen Quelle, die er bei ihrer Ankunft angelegt hatte, vom Eis zu befreien. Die Wärme des künstlichen Wasserlaufs unter dem Boden der Hütte hätte ihnen beiden gutgetan.

Doch er wusste, dass er zu dieser Tageszeit zur Untätigkeit verdammt war. Die Suche nach Feuerholz wäre – selbst bei Vollmond – völlig aussichtslos. Außerdem hatte der Sturm rund um die Hütte hohe Schneewehen aufgehäuft. Ein Durchkommen war nahezu unmöglich. Jede dieser Wehen sah aus wie ein kleiner Hügel, der problemlos zu überwinden war. Aber in jede von ihnen konnte man unvermittelt einbrechen, wenn man versuchte, sie zu erklimmen.

Zudem *hatte* sich Grendel, nachdem der Wind abgeflaut war, schon den halben Tag lang damit abgeplagt, die Rinne freizulegen. Doch den Schneemassen war trotz seines unermüdlichen Schaufelns und Hackens nur schwer beizukommen gewesen. Er hatte nur etwa die Hälfte geschafft und spürte die Anstrengung selbst jetzt noch in allen Knochen.

Morgen, dachte er bei sich. Morgen wollte er die Arbeit zu Ende bringen. Er hoffte nur, dass das Wetter nicht erneut umschlug. Anschließend würde er etwas Robbenfleisch auftauen und sich auf die Suche nach neuem Brennholz machen. Zwar musste er dazu einen weiten Marsch mit Schneeschuhen in Kauf nehmen, aber das war ihm egal. Sie brauchten dringend eine warme Mahlzeit. Also blieb ihm nichts anderes übrig, als irgendwo da draußen einen vereisten Baum zu finden. Er musste nur auf den Weg achten, damit er wieder nach Hause fand. Und er durfte nicht zu spät umkehren, denn eine Nacht im Freien hätte ihn wahrscheinlich umgebracht.

Er lauschte Linneas ruhigen Atemzügen. »Das kriegen wir schon wieder hin«, sagte er, gerade leise genug, dass sie nicht aufwachte. Sanft berührte er ihre Schulter. Warum hatte der Schneesturm auch ausgerechnet dann einsetzen müssen, als ihr Holzvorrat zur Neige ging? Das war ihnen vorher noch nie passiert.

Auf einmal jaulte einer der Hunde laut auf. Grendel fuhr erschrocken zusammen. So schnell er konnte, rollte er vom Bett herunter, ließ die Decke achtlos zu Boden gleiten, und noch bevor er richtig stand, war er auch schon in die Stiefel gefahren, hatte seine Mütze aufgesetzt und den Kragen seines Mantels hochgeschlagen.

Innerhalb weniger Sekunden stand er fertig angezogen in der Mitte des Raums. Dabei blickte er aufmerksam horchend auf die beiden kleinen Fenster an der Vorderseite der Hütte.

Zwei weitere Schritte, bei denen er die Pistole vom Wandregal nahm, und er hatte sich neben dem rechten Fenster aufgebaut, das ihm den besten Blick auf den Hof gewährte.

Der »Hof«, so nannten Linnea und er das Innere des Schanzwerkes, das sie kurz nach ihrer Ankunft rund um die Hütte errichtet hatten. Es bestand aus einem knapp zwei Meter hohen doppelten Maschendrahtzaun, den sie rundum mit einer massiven Wand aus Schnee verstärkt hatten. Dieser Wall fiel nach außen auf einer Länge von etwa fünf Metern schräg ab und war spiegelglatt. Es gab nur einen einzigen schmalen Durchgang, der der Tür direkt gegenüber lag. Eventuelle ungebetene Gäste, ob Mensch oder Tier, mussten also von dort kommen.

Vorsichtig reckte Grendel den Kopf, um hinter der halb vereisten Scheibe im schwachen Lichtschein des Mondes etwas erkennen zu können. In diesem Moment durchbrach mit einem lauten Klirren ein faustgroßer Gegenstand das Glas eines der oberen Fenstersegmente und landete polternd im Raum. Grendel hatte das Geschoss – einen Stein oder Eisklumpen? – nicht kommen sehen.

Obwohl er das Gesicht gerade noch abwenden konnte, fuhren ihm einige der Glassplitter in die dünne Haut seiner Schläfe.

Er hörte nicht den jähen, verängstigten Schrei Linneas, nicht das Poltern des Wurfgeschosses, das erst an der rückwärtigen Wand zum Stehen kam, und auch nicht das wütende Gebell der Hunde, die nun beide aufgeregt vor ihrem Verschlag standen. Da war nur noch der stechende Schmerz, der ihn so unerwartet überfallen hatte. Er ließ Grendel vom Fenster zurücktaumeln und laut aufstöhnen.

Sekunden verstrichen, bevor er wieder ganz bei Sinnen war. Seine erste Wahrnehmung war der Wind, kälter noch als die Luft im Raum, der durch das Loch in der Scheibe zu ihm vordrang. Dann wurde ihm Rogers und Nicos Gekläff bewusst. Nach und nach erfasste er schließlich auch die anderen Geräusche, die der eisige Hauch von draußen mit sich hereintrug und die ihn vor Furcht erstarren ließen: Rufe, die aus menschlichen Kehlen zu stammen schienen, und Schritte, hastige Schritte im Schnee.

Im nächsten Moment war eine Reihe dumpfer Stöße zu hören. Noch mehr Wurfgeschosse, die auf die massive Holzwand trafen!

Grendel ignorierte die Schmerzen und schlug die Augen wieder auf. Durch einen Tränenschleier sah er erneut hinaus. Da kamen sie!

Er zählte drei Gestalten, eine davon mit einer großen Taschenlampe in der Hand, die sich langsam und zögernd durch den schmalen Durchgang schoben. Sie waren eine gespenstische Truppe, von Kopf bis Fuß in Lumpen und Felle gehüllt, klapprig und mager unter ihrer Kleidung und offenbar so schwach, dass sie kaum noch laufen konnten. Dennoch schien sie etwas aufrecht zu halten, etwas anzutreiben. Wie sonst hätten sie es um diese Tageszeit, bei diesen Temperaturen und durch den tiefen Schnee bis hierher geschafft?

Gerade stürzte der erste von ihnen – der mit der Lampe – auf die Knie und verharrte mit gesenktem Kopf im Schnee, als wäre der Hof das Ziel seiner Träume, an dem er sich endlich ausruhen konnte. Einer seiner Kameraden war offenbar in besserer körperlicher Verfassung: Er sprang hektisch nach vorn, verharrte kurz bei dem Knienden und warf den Kopf ruckartig zweimal hin und her. Dann schrie er wie von Sinnen auf und rannte kopflos gegen die Wand, die er mit beiden Fäusten traktierte, als wollte er sie mit roher Gewalt durchbrechen.

Der dritte blieb einfach stehen und glotzte. Da er seine Kapuze tief ins Gesicht gezogen hatte, konnte Grendel seine Augen nicht erkennen. Er war sich jedoch sicher, dass der Fremde das Fenster fixierte. Vielleicht sah er ihm sogar direkt ins Gesicht! Dieser Mann machte ihm Angst. Er musste ihn im Auge behalten.

Die anderen meinte er zu kennen. Linnea und er waren Menschen wie ihnen auf dem Weg hierher begegnet. Sie gehörten zu den wenigen, die sich nicht den großen Flüchtlingsströmen angeschlossen, sondern ausgeharrt hatten, zumindest so lange, wie es noch Holz zum Verbrennen gegeben und sich etwas Essbares gefunden hatte. Irgendwann waren ihre Ressourcen dann erschöpft gewesen, und sie hatten sich zusammen auf die Wanderschaft gemacht. Nicht lange, und der Hunger, der einen Menschen wie ein Schmarotzer von innen verzehren konnte, hatte begonnen, ihre Sinne zu verwirren.

Grendel erinnerte sich noch gut an seine erste Begegnung mit diesen armen Seelen. Damals hatte er erkennen müssen, dass sie nur noch Schatten ihrer selbst waren. Dem körperlichen Verfall folgte schnell der geistige. Sie bekamen etwas Animalisches, ihre Bedürfnisse wurden auf das Wesentliche reduziert: Fressen oder Sterben. Es ging nur noch um das nackte Überleben. Darum stopften sie wahllos alles in sich hinein, was ihnen in die Quere kam, seien es Abfälle oder sogar die steifen Körper ihrer erfrorenen Kameraden. —

Er wusste nicht, wie sie die Hütte entdeckt hatten. Doch er konnte sich vorstellen, was ihr Anblick in dem verwirrten Geist dieser Menschen für eine Hoffnung geweckt haben musste! Für einen Augenblick flackerte ein Funke Mitgefühl in Grendel auf, rang mit seiner Angst und drängte ihn dazu, die Fremden nicht als seine Feinde zu betrachten. Doch als er an Linnea dachte, erlosch dieser Funke schnell wieder. *Du musst vernünftig bleiben*, sagte er sich. Die Gestalten dort draußen waren wie Raubtiere. Sie würden sie beide ohne zu zögern töten.

Schon bollerte der Mann, der zuvor auf die Wand eingeschlagen hatte, gegen die Tür. Er klagte und wimmerte. Sein Gesicht war verzerrt, die Nase schwarz und halb abgestorben, ein unförmiger Fetzen über den aufgesprungenen Lippen. In seinen Augen flackerte ein wildes Feuer, und er hieb wieder und wieder auf die dicken Bretter ein.

Dann brüllte er auf. Er hatte mit der Faust wohl einen der Nägel getroffen, mit denen die Tür gespickt war, dachte Grendel.

Doch es hatte den Mann noch viel schlimmer erwischt: Als er einen Schritt zurücktrat und die Arme vor sich ausstreckte, waren seine Hände beide blutverschmiert. Sie mussten so kalt und gefühllos gewesen sein, dass er sie sich an den Nägeln aufgeschlitzt hatte, ohne es zu bemerken. Das Blut rann ihm dick und dunkel die Handgelenke hinunter, tränkte die Ärmel seiner Felljacke und tropfte auf den Schnee zu seinen Füßen.

Der Fremde kippte dort um, wo er stand. Von einem Moment auf den anderen rührte er sich nicht mehr. Die Augen weit aufgerissen, schien er verständnislos in den Hof zu starren.

Grendel brauchte eine Weile, bis er begriff, dass diese Augen nichts mehr sahen. Der Mann war tot.

Die Hunde kläfften die Eindringlinge immer noch wütend an, hielten jedoch Abstand. Grendel wusste, dass sie nur angreifen würden, wenn er ihnen den Befehl dazu gab.

Gerade hob der Kniende seinen Kopf. Er hatte einen dicken Stein vom Boden aufgelesen, holte aus und warf ihn gegen die Wand. Mit einem lauten Knall traf er, nur wenige Zentimeter neben dem Fensterkreuz, auf das Holz.

Als drei weitere Gestalten in den Hof getaumelt kamen, war der enge Platz vor der Hütte plötzlich voller Leben: Hier sprang einer auf die Hunde zu, die immer noch auf sein Zeichen warteten, dort warf ein anderer etwas in Richtung Tür, und direkt vor Grendel erschien eine Frau, die seitlich herangekommen sein musste, am Fenster.

Er wusste nicht, ob außerhalb des Walls noch mehr Leute lauerten. Aber das war ihm im Moment auch völlig egal. Die Situation war bedrohlich genug. Wenn er diesen Angriff überleben wollte, durfte er nicht länger abwarten.

Also trat er vom Fenster zurück, richtete den Lauf seiner Pistole auf das Loch in der Scheibe und gab zwei Warnschüsse über die Köpfe der Eindringlinge ab.

Er hatte damit gerechnet, dass sie fliehen oder zumindest zurückweichen würden. Stattdessen musste Grendel fassungslos zur Kenntnis nehmen, dass sich keiner von ihnen sonderlich beeindruckt zeigte. Im Gegenteil: Die Frau am Fenster stieß einen Wutschrei aus und streckte ihren Arm durch das kaputte Segment, um seiner Waffe habhaft zu werden. Als sie merkte, dass sie diese nicht erreichen konnte, fuchtelte sie hektisch vor dem Fensterkreuz herum.

Wenn Grendel verhindern wollte, dass sie womöglich noch den Griff erreichte, blieb ihm nichts anderes übrig, als auf sie zu schießen. Er drückte erneut ab und traf sie seitlich in den Hals. Die Frau jaulte auf wie ein junger Hund, stolperte zwei, drei Schritte nach hinten und fiel mit dem Rücken gegen den Wall. Grendel blickte kurz in ihr dem Himmel zugewandtes Gesicht und erschauderte.

Vielleicht waren die anderen erst jetzt auf ihn aufmerksam geworden. Oder sie hatten erkannt, dass sie sich durch das Fenster am ehesten Zutritt zur Hütte verschaffen konnten. Jedenfalls drängten sie nun alle herbei.

Grendel zielte erneut durch das kaputte Glas und schoss dem Erstbesten in den Oberkörper. Seinen Nebenmann traf er anschließend eher zufällig in die Schulter. Aber auch davon ließen sich die Eindringlinge nicht aufhalten. Sie reagierten überhaupt nicht auf die Kugeln, die in ihre ausgemergelten Körper drangen. Im Nu hatten sie sich zu dritt am Fenster versammelt und drückten mit aller Kraft dagegen.

Die Luft war nun von einem nicht enden wollenden, klagenden Laut erfüllt, der aus vielen Kehlen gleichzeitig kam. Es waren aber keine Worte, die die Gestalten ausstießen, vielmehr ein lautes Jaulen, in das Roger und Nico einfielen und das Grendel das Mark in den Knochen gefrieren ließ.

Roger, der Rüde, musste das Gedränge vor dem Fenster als Aufforderung verstanden haben, endlich einzugreifen. Er sprang die Männer an und verbiss sich knurrend in den nächstbesten Arm. Sein Opfer hüpfte kreischend zurück und versuchte, den Hund abzuschütteln. Als ihm das nicht gelang, lief er, immer noch wild schreiend, auf den Durchgang zu und aus dem Hof hinaus. Roger hatte so fest zugepackt, dass er mit nach draußen geschleift wurde.

Derweil hatte Grendel kurzentschlossen beide Fensterflügel geöffnet und einen weiteren gezielten Schuss abgegeben. Damit streckte er einen Mann nieder, dessen Gesicht bis auf einen schmalen Sehschlitz komplett verhüllt war.

Der letzte von ihnen machte auch jetzt noch keinerlei Anstalten zurückzuweichen, sondern stellte sofort seinen Stiefel auf den unteren Rahmen und suchte mit den Händen links und rechts nach Halt. Grendel schoss dem Mann in den Kopf, bevor er sich hochziehen konnte.

Als der Körper unter dem Fenster aufschlug, war der Spuk vorbei. Der Lärm verebbte ebenso schnell wie er eingesetzt hatte. In der Ferne vernahm Grendel einen vereinzelten klagenden Laut. Erst als Nico den Ruf mit einem langgezogenen Heulton beantwortete, begriff er: Das musste Roger gewesen sein. Er war noch nicht wieder zurückgekehrt.

Grendel stützte sich mit beiden Unterarmen an der Wand ab, senkte den Kopf und starrte zu Boden. Seine Handflächen waren trotz der eisigen Kälte schweißnass. Seine Nerven flatterten, und die Oberarm- und Beinmuskeln zuckten unkontrolliert. Wie er so dastand, tobte ein Sturm einander widersprechender Gefühle in ihm: Selbstekel und Erleichterung, Mitleid und Triumph.

Dann schloss er das Fenster und entzündete die Kerze, die auf der kleinen Kommode stand. »Dreh jetzt nicht durch und mach dir keine Vorwürfe, du Idiot«, ermahnte er sich selbst. Hatten ihn die Gestalten etwa nicht wie wilde Tiere attackiert? Er sah immer noch die irren, vom Frost entstellten Gesichter vor sich, und in seine Ohren hallten ihre Schreie nach. Trotzdem gelang es ihm nicht, den Angreifern jedwede Menschlichkeit abzusprechen. Er hatte sie getötet. In Notwehr, sicher. Aber es waren doch Menschen gewesen, die einfach nur Hunger gehabt hatten.

*

Er kannte dieses Gefühl. Er erinnerte sich gut, wie er mit Linnea durch die endlose Schnee- und Eiswüste gefahren war. Tagelang.

Obwohl sie vor der Reise eine ansehnliche Menge Vorräte gesammelt hatten, gingen diese schneller zur Neige als geplant. Sie mussten immer öfter Halt machen, um auf die Jagd zu gehen. Doch es gab kein Wild. Daher freuten sie sich über jede verlassene Ansiedlung, die sie ungestört nach etwas Essbarem durchsuchen konnten. Doch sie fanden nichts. Also fuhren sie weiter, immer weiter, bis ihnen eines Tages der Treibstoff ausging. Danach liefen sie. Sie rationierten das Wenige, das ihnen noch geblieben war. Der Hunger brachte sie fast um den Verstand.

Die Hütte war fast komplett zugeschneit. Es war nur Glück, dass sie sie entdeckten. Sie brauchten sie nicht einmal zu erobern, denn es war niemand da, der sie hätte aufhalten wollen.

Drinnen fanden sie ein Rentier, das halb ausgenommen auf dem Tisch lag. Sie fragten nicht nach dem Wie und dem Warum, sondern feuerten den Ofen an, brieten das Fleisch und aßen sich endlich wieder satt. Das half, die Entbehrungen zu vergessen.

Von diesem Tag an trauten sie sich, die unterwegs zerbrochenen Träume Stück für Stück wieder zusammenzusetzen.

Erst Tage später fanden sie den Vorbesitzer der Hütte und die beiden Hunde. Der Mann lag im tiefen Schnee verborgen neben einem Baumstamm. Er war wahrscheinlich schon seit Wochen tot, vielleicht unglücklich gefallen und dann schnell erfroren. Die Hunde hatten in ihrer Not das Ihrige dazu getan, dass nicht mehr festzustellen war, was ihn umgebracht hatte.

Als sie ihn im Schnee begruben, fanden sie seine Axt und eine Pistole. Im Magazin waren keine Kugeln mehr. Das war Grendel eine Lehre gewesen. Er war seitdem nie ohne geladene Waffe aus dem Haus gegangen.

*

Draußen erklang ein Bellen. Er entsann sich der Hunde und beschloss nachzusehen, wie es ihnen ging. Zuerst aber wollte er nach Linnea sehen. Er hatte ihr vorhin nur ein, zwei flüchtige Blicke zuwerfen können. Nun kam es ihm komisch vor, dass sie seit dem Angriff so ruhig geblieben war.

Auch jetzt noch lag sie mit dem Gesicht zur Wand und rührte sich nicht.

Seine Unruhe wuchs. Er eilte zu ihr ans Bett und setzte sich neben sie. War sie etwa ohnmächtig geworden? Er griff nach ihrer Schulter, drehte sie herum und fand seine schlimmsten Befürchtungen bestätigt. Sie schlief nicht. Denn dann wäre sie spätestens bei der Berührung aufgewacht. Vielmehr lag sie da wie eine Marionette, der man die Fäden gekappt hatte.

Panik erfasste ihn. Er warf die Pistole auf den Boden, die er immer noch in der Rechten hielt, und berührte ihre Wange mit seinen rauen Fingern. Die Haut war kalt. Er riss ihren Fellmantel auf, schob den Pullover und das dicke Unterhemd hoch und suchte mit dem Ohr verzweifelt nach ihrem Herzschlag. Er fand aber keinen. Schließlich stürzte er zu der Spüle und holte den kleinen Spiegel ans Bett, den sie beide für ihre Toilette benutzten. Zum Glück beschlug das Glas sofort, als Grendel es ihr vor Mund und Nase hielt.

Nachdem er sich vergewissert hatte, dass Linnea nur bewusstlos war, fiel ihm ein Stein vom Herzen. Der Stein fühlte sich so groß an, dass Grendel sich wunderte, ihn nicht aufprallen zu hören.

»Erschrick mich doch nicht so«, flüsterte er. Sanft schloss er ihre warme Kleidung und hüllte sie wieder in ihre Felldecke.

Anschließend legte er sich neben sie, und während er ihren gleichmäßigen Atemzügen an seinem Ohr lauschte, fand er wieder zur Ruhe. Er spürte, wie seine Augen sich mit Tränen füllten und wusste nicht ob aus Verzweiflung, Erschöpfung oder Glück. Vielleicht war es alles zusammen. Es interessierte ihn nicht. Er spürte nicht einmal den Schmerz, den die kleinen Splitter in seiner Schläfe verursachten, als er damit das Kissen berührte.

*

Während ihrer Reise, als sie bereits zu Fuß unterwegs gewesen waren, hatte Linnea ihm von ihrem Schmerz erzählt, der nicht vergehen wollte.

Sie war morgens schreiend und wild gestikulierend neben ihm aufgewacht. Als er sie in den Arm nehmen wollte, stieß sie ihn weg. Er musste mitansehen, wie sie minutenlang von einem Weinkrampf geschüttelt wurde.

Dann, als sie sich wieder gefasst hatte, erklärte sie ihm, dass sie von ihrem Bruder geträumt hatte. Sein Name war Benjamin gewesen, und er hatte die gleichen blauen Augen gehabt wie sie, seine große Schwester.

Er wäre im Sommer acht Jahre alt geworden. Doch er war in einer besonders kalten Nacht neben ihr erfroren, trotz aller Pelze und Decken.

Später träumte sie nicht mehr so häufig von ihm. Der Schmerz begleitete sie jedoch weiterhin, das wusste er. Sie hatte ihren kleinen Bruder abgöttisch geliebt.

*

Grendel fragte sich, ob nicht dieser Verlust schuld daran war, dass die Krankheit Linnea so zu schaffen machte. Ob er sie vielleicht so schwer verletzt hatte, dass sie nicht mehr genug Kraft aufbringen konnte, um sich gegen die Erreger zu wehren. Aber er schob diese Gedanken beiseite. *Sie lebt,* dachte er, *und sie kämpft.* Noch eine knappe Stunde, und er würde es ihr warm machen. Danach ein gutes Essen, und ihre Lebensgeister würden schon wieder erwachen.

Draußen begann es, hell zu werden. Er sollte sich um die Leichen im Hof kümmern, bevor Linnea erwachte.

Also erhob er sich, las die Pistole auf, prüfte das Magazin und steckte sie in die Manteltasche. Vorsichtig öffnete er die Tür und spähte hinaus. Er konnte jedoch nichts Verdächtiges entdecken.

Nico kam schwanzwedelnd aus ihrem Verschlag und schaute ihn erwartungsvoll an. Von Roger war weit und breit nichts zu sehen. Entweder trieb sich der Rüde noch außerhalb des Walls herum oder er war ein Opfer der hungrigen Meute geworden.

Der junge Mann öffnete die Tür vollständig und trat in den Hof hinaus. Da hob Nico den Kopf und knurrte. Ein schabendes Geräusch auf dem Dach ließ Grendel nach seiner Waffe greifen. Kaum hatte er sie sicher in der Hand, feuerte er blindlings einen Schuss nach oben ab. Die Kugel fuhr sirrend durch das Holz und das Stroh, das an der Frontseite der Hütte etwa einen Meter überstand.

Im nächsten Augenblick sprang eine in Fell gehüllte Gestalt vom Dach und landete vor ihm auf den Füßen. Kaum auf dem Boden aufgekommen, wirbelte sie auch schon herum und hechtete auf ihn zu.

Der Mann mit der Kapuze! Wie konnte er nur so dumm gewesen sein, ihn zu vergessen!

Doch jetzt war keine Zeit für Selbstvorwürfe. Der Fremde hatte ihn bereits an beiden Armen gepackt und drückte ihn an die Holzwand.

Zum Glück konnte Grendel seine Unterarme noch bewegen. Er hob die Pistole ein Stück und drückte den Abzug. Die Kugel traf den Angreifer in den Bauch. Das ermöglichte es ihm zumindest, sich aus dem Griff des Mannes zu befreien.

Der Fremde hatte noch nicht vor aufzugeben. Grendel musste zwei weitere Schüsse abgeben, bevor sein Angreifer von ihm abließ.

Erst als dieser tot vor ihm im Schnee lag, bemerkte er das Messer, das neben der Gestalt zu Boden gefallen war. Er hob es auf, betrachtete es prüfend und steckte es in eine Tasche seines Mantels.

Aus leuchtenden Augen schaute Nico ihn an. Sie winselte leise und legte den Kopf schief. Grendel bückte sich zu ihr herunter, zauste ihr mit beiden Händen das dichte Fell am Hals und murmelte irgendetwas, das anerkennend klingen sollte. Tatsächlich war er von tiefer Dankbarkeit dem Tier gegenüber erfüllt, das ihm nun schon zum zweiten Mal das Leben gerettet hatte.

Er hielt nach Roger Ausschau. Grendel pfiff und rief mehrfach nach dem Rüden. Doch der Hund ließ sich nicht blicken.

Als nächstes machte er sich an die undankbare Aufgabe, die Toten wegzuschaffen. Zum Glück waren die Körper so ausgemergelt, dass er sie auch ohne Hilfe problemlos über den Schnee schleifen konnte. Er versenkte sie in einer natürlichen Felsspalte, die Linnea und er sonst zur Entsorgung ihrer Abfälle nutzten.

Schließlich beseitigte er, so gut es eben ging, die Blutspuren im Hof.

Inzwischen war es noch etwas heller geworden. Für die Arbeit an der Warmwasserrinne war es aber noch zu kalt. Darum rief Grendel Nico zu sich und nahm sie mit in die Hütte. Vielleicht würde Linnea sich über die Gesellschaft der Hündin freuen, wenn sie aufwachte und er draußen unterwegs wäre.

Er erinnerte sich gut, dass sie den Tieren, die immerhin ihren eigenen Herrn zerfleischt hatten, anfangs mit Misstrauen begegnet waren. Doch dieses Gefühl hatte nicht lange vorgehalten. Weil Linnea und er ihnen mit Zuneigung begegnet waren und sie regelmäßig gefüttert hatten, waren sie zuverlässige, treue Gefährten geworden, auf die sie sich stets verlassen konnten.

Nico folgte Grendel zum Bett, wo er sich erneut niederließ, um nach der Plackerei mit den Leichen noch ein wenig zu ruhen. Die Hündin rollte sich am Fußende zusammen und blieb dort mit einem leisen Winseln liegen.

Sicher fragte sie sich, wo ihr Partner wohl blieb. Grendel hoffte, dass der Fremde, von dem Roger in der Nacht aus dem Hof gezogen worden war, dem Hund nichts angetan hatte.

Er dachte über seinen letzten Angreifer nach. Der Mann hatte ihm aufgelauert, um ihn hinterrücks zu ermorden. Oder irrte er sich damit? War er vielleicht nur auf das Dach gestiegen, weil er nach einem anderen Zugang zur Hütte gesucht hatte? Auf jeden Fall war dies die Aktion eines Einzelnen gewesen, der seine Sinne noch halbwegs beieinander gehabt hatte. Der Rest der Bande war dagegen völlig blindlings vorgegangen.

Grendel blieb nur zu hoffen, dass sie nie wieder einem Fremden wie diesem begegnen würden. Denn Menschen wie er konnten ihnen wirklich gefährlich werden.

Unwillkürlich seufzte er. Wie lange würden sie der Kälte wohl noch trotzen müssen? Er hatte sich diese Frage schon oft gestellt, seitdem das kleine Radio, das sie mitgebracht hatten, nicht mehr funktionierte. Es mochte mittlerweile ein halbes Jahr her sein, dass sie Nachrichten aus der Welt da draußen empfangen hatten. Leider deutete nichts, aber auch gar nichts darauf hin, dass sich in absehbarer Zeit irgendetwas änderte.

Linnea regte sich und unterbrach seine Grübelei. Sie rollte sich zu ihm herum, und er wandte den Kopf in ihre Richtung.

Da schlug sie die Augen auf und sah ihm ins Gesicht. »He«, sprach sie ihn an. »Geht es dir gut?«

»Alles okay«, erwiderte er. »Alles wieder in Ordnung.«

Ein kleines Lächeln zuckte um ihre Mundwinkel, das sich aber schnell wieder verlor, als ihr die Augen erneut zufielen.

Er hätte gerne noch etwas Aufmunterndes gesagt, aber sie war schon wieder eingeschlafen.

»Träum was Schönes«, flüsterte er und fuhr zärtlich mit einem Finger über ihre aufgesprungenen Lippen.

*

Er wusste nicht mehr, wovon er als Kind geträumt hatte. Soweit er sich erinnerte, von gar nichts. Die Welt war einfach so, wie sie war, und zumindest für ihn, der in einem reichen Elternhaus aufwuchs, war sie in jeder Hinsicht in Ordnung.

Sein Vater und seine Mutter nahmen ihn ständig mit auf Reisen, und in welche fernen Länder und Städte sie auch kamen, war da immer irgendein Haus mit vielen hellen Zimmern und einem großen Garten, in dem es Bäume, Büsche, Blumen und Tiere zu entdecken gab.

Als er zehn wurde, passierte etwas, gegen das niemand etwas ausrichten konnte: Auf Hawaii brach ein gewaltiger Vulkan aus, der monatelang Staub und Gase in die Atmosphäre wirbelte.

Kurz darauf begannen Milliarden kleinster Teilchen, das Sonnenlicht zu reflektieren, und es wurde ein kleines bisschen dunkler auf der Welt.

Die meisten Menschen bemerkten davon kaum etwas. Doch bald gab es erste Berechnungen und Prognosen, wie sich die Wolke in der Atmosphäre langfristig auswirken konnte – und die Welt war alarmiert.

Die Wissenschaftler aller Länder begannen, Hand in Hand miteinander zu arbeiten. Neue Bündnisse und Verträge wurden geschlossen und erhebliche Mittel investiert, um Maßnahmen gegen die Wolke zu ergreifen und technische Lösungen zu entwickeln.

Als Grendel die High School besuchte, war eine neue Zeitrechnung angebrochen. Angesichts der Bedrohung, der sich der ganze Planet ausgesetzt sah, schienen nationale Interessen in den Hintergrund zu treten und die Menschheit näher zusammenzurücken.

Doch effektive Methoden, um die Wolke zu bekämpfen, blieben aus oder erwiesen sich als ein Tropfen auf den heißen Stein. Fünf Jahre nach dem Vulkanausbruch waren die Temperaturen auf der Welt bereits um acht Grad gesunken, und niemand wusste, ob es noch kälter werden würde. Die Winter auf der Nordhalbkugel wurden härter, und das Polareis rückte vor. Selbst seriöse Wissenschaftler sprachen in den Medien von der Gefahr einer neuen Eiszeit.

Am Tag, als Grendel sein Ingenieursstudium antrat, begannen in Island, Norwegen, Grönland, Kanada und Russland die ersten Zwangsumsiedlungen, die von UN-Truppen überwacht und unterstützt wurden. Diese Umsiedlungen waren zugleich der Beginn einer Massenflucht, einer menschlichen Flut in Richtung Süden, die in den Folgejahren immer weiter anschwoll.

Ernteausfälle und Energieengpässe waren der Anfang vom Ende. Alle Börsen außer denen in Shanghai und São Paulo stellten den Handel ein. Die zwischenstaatlichen Geldströme und der internationale Warenverkehr kamen nahezu zum Erliegen.

Viele Regierungen setzten Notfallpläne in Kraft, die zumeist nahtlos in den Ausnahmezustand oder Notstand übergingen. Die Staaten des Südens schlossen einer nach dem anderen ihre Grenzen, was das Geschäft der Schlepper und Schleuser erblühen ließ.

In Nordeuropa, Russland, den USA und Kanada kam es zu Unruhen, Aufständen und bewaffneten Konflikten. Große und kleine Städte errichteten Mauern und stellten Bürgerwehren auf, um die von außen hereinströmenden Massen fernzuhalten. Auf dem flachen Land herrschten vielerorts die Warlords.

Die anarchischen Zustände im Inneren gingen mit einer aggressiven Politik nach außen einher. Die beiden Großmächte, China und einige europäische Länder, in denen noch halbwegs intakte staatliche Strukturen existierten, sendeten Soldaten, Panzer, Kampfflugzeuge und Kriegsschiffe aus, um »befreundete Nationen zu unterstützen«. In Wirklichkeit ging es dabei um den Zugriff auf Energie, Nahrungsmittel und Siedlungsgebiete. Auf das Säbelrasseln folgten die ersten Scharmützel, die bald eskalierten und sich zu neuen Kriegen auswuchsen.

Kurz: Jeder war sich selbst der nächste. Und jeder fand einen guten Grund, seine Interessen dem Nachbarn oder dem Nachbarstaat gegenüber mit Gewalt durchzusetzen.

Als die Hochschule in Reykjavík, an der Grendel Geothermie studierte, den Studienbetrieb einstellte, war die Welt, die er als Jugendlicher gekannt hatte, bereits untergangen. Die neue Welt, die daraus hervorging, war von Mord und Totschlag geprägt.

*

Er dachte wieder an die Menschen, die er hatte erschießen müssen, um sein und Linneas Leben zu retten. Er hatte so sehr gehofft, diese Welt hinter sich gelassen zu haben. Doch heute Nacht hatte sie ihn wieder eingeholt.

Grendel musste wohl geseufzt haben, denn Nico hob den Kopf und sah ihn fragend an.

»Alles okay«, sagte er und strich dem Hund beruhigend über sein dickes Rückenfell. »Hoffen wir, dass wir von jetzt an unsere Ruhe haben.« Er brachte es sogar fertig zu lächeln.

Er stand auf, und sein Blick fiel auf den Stein, der auf dem blanken Holzboden lag. Er nahm ihn in die Hand und trug ihn zum Fenster, wo er ihn durch das Loch in der Scheibe nach draußen warf. Dann dichtete er die zugige Öffnung mit einem schmalen Brett ab. Später würde er sich aus einem Stück Glas, das er hinten im Schrank aufbewahrte, zwei Segmente herausschneiden und das Fenster reparieren. Eine Dose Kitt lag auch noch irgendwo herum.

Nun war es an der Zeit, hinauszugehen und die Rinne freizulegen. Oder sollte er sich doch lieber nach etwas Feuerholz umsehen? Sein Magen, der bereits vernehmlich knurrte, schien ihm Letzteres empfehlen zu wollen. Aber er konnte sich nicht dazu aufraffen.

Er kam sich verloren vor, fühlte sich schwach und antriebslos. Das mochte an der durchwachten Nacht liegen, oder die Grübelei war schuld.

»Stell dich nicht so an«, schalt er sich selbst. Die Welt mochte vor die Hunde gehen. Doch er würde sich nicht unterkriegen lassen. Nicht hier und nicht heute, schon um Linneas Willen nicht.

Er musste zusehen, dass sie wieder auf die Beine kam.

*

Er hatte sie im Einkaufszentrum kennengelernt, dem Smáralind, wie es alle seine Bekannten nach wie vor nannten, obwohl es schon seit Jahren einen anderen Namen trug.

Damals nahm er den langen, gefährlichen Weg von Vesturbær nach Kópavogur auf sich, um seine Ausrüstung zu komplettieren. Dass er in einem der Läden noch dazu ein paar Fischkonserven fand, die von den Plünderern übersehen worden waren, betrachtete er als Belohnung für seinen Mut, sich nachts überhaupt auf die Straße getraut zu haben.

Auf dem Rückweg zu den Laderampen, über die er hineingekommen war, kam er an einem Büroraum vorbei. Später erfuhr er, dass Linnea diesen Raum seit Monaten als Unterschlupf benutzt hatte. Hier musste er zum ersten Mal in seinem Leben auf Menschen schießen.

Es waren vier Jugendliche, sechs oder sieben Jahre jünger als er, die plötzlich durch die Tür traten. Als sie ihn entdeckten und seinen prall gefüllten Rucksack musterten, ahnte er schon, dass er das Einkaufszentrum ohne Kampf nicht wieder verlassen konnte.

Dass er geplündert hatte, war in den Augen der Jugendlichen völlig in Ordnung. Doch sie waren zu viert, und er alleine. Das Recht des Stärkeren war auf ihrer Seite.

Was hätte er machen sollen? Er hatte eine Waffe dabei, also zogen sie ihre. Als zwei von ihnen das Feuer eröffneten, schoss er zurück. Und während er nur eine Fleischwunde an der Schulter erlitt, traf er gleich zweimal. Dem Angreifer, der ihm am nächsten stand, schoss er direkt in die Brust, den zweiten, bei dem er mehr Zeit zum Zielen hatte, erwischte er oberhalb des linken Knies.

Der erste Jugendliche war tödlich getroffen. Er taumelte durch die offene Tür und fiel drinnen um. Daraufhin nahmen die anderen ihren verwundeten Kameraden in die Mitte und rannten davon.

In diesem Moment hörte er den Schrei, der aus dem Büro kam. Als er eintrat, entdeckte er Linnea. Die Jugendlichen hatten ihr nichts angetan. Doch der Schusswechsel im Gang, der Tote, der vor ihr zusammengebrochen war, und er, ein Fremder mit Pistole im Anschlag, machten der jungen Frau große Angst.

Er sagte irgendetwas zu ihr, um sie zu beruhigen, erklärte ihr die Situation und stellte sich anschließend mehr oder weniger förmlich vor. Das reichte, dass sie ihn nicht mehr als Bedrohung sah. Er brauchte weitere fünf Minuten, um sie davon zu überzeugen, dass sie im Smáralind nicht mehr sicher war.

Als sie ihn daraufhin fragte, ob sie sich ihm anschließen durfte, sagte er spontan ja. Sie packte ihre Sachen zusammen, wickelte sich in ihren Schal und Kapuzenmantel und folgte ihm zu seiner Wohnung.

Eine Woche später brachen sie zusammen auf. Während er das Schneemobil aus der Stadt steuerte, lachte sie vor Glück und gestand ihm, dass sie sich schon bei ihrer ersten Begegnung, abends im Einkaufszentrum, in ihn verliebt hatte.

*

Grendel schloss den Mantel, zog Handschuhe und Fellkappe an, nahm die schwere Axt und trat durch die Tür in den Hof. Da es Nico ebenfalls ins Freie drängte, ließ er sie gewähren.

Als erstes brach er ein paar Bretter aus dem Verschlag der Hunde, zerkleinerte sie und feuerte damit den Ofen in der Hütte an. Das Fleisch stellte er daneben, damit es auftaute. Anschließend nahm er Schaufel und Hacke von der Wand und stapfte zur heißen Quelle hinüber. Ein wenig steif machte er sich an die mühevolle Arbeit, die Rinne komplett vom Schnee und dann von der Eisschicht zu befreien, die sich darunter gebildet hatte.

Nach einer guten Stunde war er damit fertig und öffnete den Zulauf. Zufrieden beobachtete er, wie sich das heiße Wasser seinen Weg bahnte und in der Senke unter dem Hüttenboden sammelte.

Auf beiden Seiten der Rinne hatte er beim Schaufeln beachtliche Schneehügel aufgetürmt. Einer plötzlichen Laune folgend, trat er den größten von ihnen mit dem Stiefel so lange zurecht, bis er wie ein Lehnsessel aussah. Tatsächlich war der Schnee fest genug, dass er sich hinsetzen konnte, ohne darin zu versinken.

Während er so dasaß und sich ausruhte, bellte Nico ihn verständnislos an.

»Da staunst du, was?«, grinste er. »Ich hab' mir einen Thron gebaut. Jetzt bin ich hier der Schneekönig.« Dabei wedelte er mit der Hacke, als hielte er ein Zepter in der Hand.

Als er jedoch die Fellkappe, die ihm tief in die verschwitzte Stirn gerutscht war, nach hinten zog, zuckte er, überrascht von dem plötzlichen Schmerz, zusammen. Er hatte seine Verletzung an der Schläfe vergessen. Es würde langsam Zeit, die Splitter herauszuziehen.

Unwillkürlich tastete er ein zweites Mal nach der Wunde, nur um erneut das brennende Stechen zu verspüren.

Fluchend ließ er die Hacke zu Boden fallen. Mit seiner guten Laune war es schon wieder vorbei.

Nico wich erschrocken zurück. Als sie jedoch merkte, dass er ihr nichts Böses wollte, schnüffelte sie noch ein wenig hier und da in den weißen Haufen herum, die er aufgeschüttet hatte, und sprang in Richtung der hohen Schneewehen davon.

Grendel rief sie nicht zurück. Er wusste, dass er sich um die Hündin keine Sorgen machen musste. Vielleicht wollte sie sich ja nach Roger umschauen. Er hoffte, dass sie ihn finden würde.

Nach einer Weile stand er auf, zog seine Handschuhe aus, strich sich vorsichtig die Kappe vom Kopf und steckte alles in die rechte Manteltasche. Dann nahm er das Werkzeug auf und stapfte damit zurück zur Hütte.

Im Hof löste er zwei weitere Bretter aus dem Dach des kleinen Verschlags und nahm sie mit hinein. Die Hunde konnten von jetzt an drinnen schlafen. Das würde ihnen sicher gefallen, dachte er.

Der junge Mann ging hinein und zog die schwere Tür hinter sich ins Schloss. Er freute sich über die Wärme, die ihn drinnen erwartete, und auf das gute Essen, das er Linnea und sich zubereiten würde, ohne dafür noch einmal hinausgehen zu müssen.

Er fragte sich nicht, wann er draußen das letzte Mal ohne Handschuhe und Kopfbedeckung herumgelaufen war, und sei es auch nur eine kurze Strecke. Er schaute auch nicht noch einmal prüfend nach den Wolken, wie er es sonst häufig tat. Darum entging es ihm, dass die dunstigen Schleier am Himmel für einen Moment aufrissen und die Sonne hinter ihnen hervorlugte, ganz vorsichtig nur, als wollte sie sich zunächst vergewissern, dass sie auch nicht ungelegen kam.

Nico dagegen wurde auf das Phänomen aufmerksam. Die Hündin verharrte kurz, blinzelte in die ungewohnte Helligkeit und bellte die leuchtende Scheibe ein paarmal an. Dann wandte sie sich ab und machte sich wieder auf die Suche nach ihrem Gefährten.

ÜBERLEBENSPROGRAMM

1

Er schlug die Augen auf. Finsternis.

Stefan tastete nach dem Lichtsensor und aktivierte die Beleuchtung. Sanft schälte sich die Einrichtung seiner Kammer aus der Dunkelheit. Dort, in die Ecke eingepasst, stand der VR-Player, der ihn schon seit der Kindheit begleitete. An der Wand gegenüber hing das Bord, auf dem die Grünpflanzen standen, die er eigenhändig gepflanzt und gezogen hatte. Die Längswand war über und über mit selbstgemalten Bildern bedeckt, auf die er sehr stolz war. Die Spiele von Farben und Formen erzeugten eine Tiefenwirkung, die den Betrachter scheinbar weit in die Wände hineinblicken ließ.

Er schwang die Füße vom Lager hinunter auf den Teppichboden und rieb sich den Schlaf aus den Augen. Bei den ersten Schritten stolperte er beinahe über die Hanteln, die er gestern achtlos mitten im Raum liegengelassen hatte.

Für Stefan war heute ein besonderer Tag. Nur noch eine Wach- und Schlafphase, und er durfte Mata endlich wieder besuchen. Aus diesem Grund war er schon früh am Morgen bester Laune.

Mata vermochte leider nur noch selten Zeit für ihn aufzubringen. Doch das ließ sich nun mal nicht ändern. Andi, sein Freund und Mentor, hatte ihm oft genug erklärt, dass sie vielen Verpflichtungen nachkommen musste.

Auf Andi konnte er sich verlassen. Darum hatte er Verständnis für Matas Lage.

Während der Junge nackt in der kühlen Luft der Kammer stand, verspürte er das dringende Verlangen nach einer Dusche. Entschlossen drückte er den Sensor neben dem Bord. Ein Teil der Wand glitt zur Seite und gab den Durchgang zur Nasszelle frei. Er trat ein und startete das Programm.

Es war noch nicht ganz durchgelaufen, da öffnete sich die Tür. Andi kam genau in dem Augenblick in die Kammer, als die kalten Strahlen aus den Wanddüsen das mit Seife vermischte Warmwasser von Stefans Körper spülten. Den stockenden Bewegungen des Androiden war zu entnehmen, dass ihm seine unteren Gliedmaßen immer noch Schwierigkeiten machten.

Die Tür schloss sich automatisch hinter dem Mentor.

»Guten Morgen«, ertönte Andis tiefe, klangvolle Stimme. Darin schwang heute sogar eine Andeutung von Fröhlichkeit mit, sofern man einem künstlichen Wesen eine solche Stimmung überhaupt zugestehen wollte.

Er reichte seinem Schüler ein Handtuch.

»Morgen, Andi«, erwiderte Stefan. Das Warmluftgebläse hatte den Oberkörper und das halblange Kopfhaar des Jungen nicht ausreichend getrocknet. Deshalb nahm er den rauen Stoff dankbar entgegen.

Beim Frottieren musterte er seinen zwei Köpfe kleineren Freund prüfend. Von den Beinen einmal abgesehen, schien der Androide in ausgezeichneter Verfassung zu sein. Das linke Auge, das aufgrund einiger beschädigter Segmente lange Zeit nicht funktionsfähig gewesen war, hatte man ausgetauscht. Auch seine chremeweiße Körperhülle glänzte ungewohnt, was darauf schließen ließ, dass man ihn gründlich überholt hatte.

Doch halt, schalt sich der Junge im Stillen. Wie kam er nur auf »man«?

Er schob diese Frage beiseite. Während er in einen Baumwollkombi schlüpfte, stellte er seinem Mentor stattdessen eine dringendere. »Was hast du denn heute für mich dabei? Du weißt sicher noch, worum ich dich schon seit Tagen bitte.«

Vor einer Woche hatte Andi ihm den ersten Kristall über die Zusammenhänge des genetischen Materials mit den spezifischen Eiweißstoffen des menschlichen Körpers mitgebracht. Stefan war von dem Gelernten fasziniert. Erkenntnisse wie diese wühlten ihn innerlich auf und steigerten seinen Wissensdurst, je mehr Details er erfuhr.

Andi zog die Kristalle mit den Lehrmaterialien aus seinem Inneren. »Dein Interesse für die Biochemie ist wirklich bemerkenswert«, äußerte er sich und klang beinahe enthusiastisch. »Dennoch schlage ich vor, dass du zunächst einmal Nahrung zu dir nimmst.«

Bei diesen Worten kugelten einige Konzentrate in den Auffangbehälter unter der Brustplatte des Mentors. Der Junge schob sich die Pillen genussvoll in den Mund. Daraufhin klappte der Behälter wieder in den Androiden zurück.

»Lass uns erst einmal den Stoff aus der letzten Wachphase vertiefen. Danach werde ich deinem Drängen von gestern nachgeben und dir Lehrmaterial über die Kernspaltung zeigen. Außerdem beabsichtige ich, dir erste Einblicke in die Quantentheorie zu geben. Beides werde ich morgen als gelernt voraussetzen.«

Ohne auf eine Zustimmung oder Ablehnung zu warten, wandte er sich dem Abspielgerät zu und steckte einen Kristall in die dafür vorgesehene Ladestation des VR-Players. Sofort setzte ein leises Summen ein, und eine Diode zeigte die Betriebsbereitschaft des Geräts an.

Stefan seufzte. Er hatte oft genug versucht, Andis Entscheidungen in Frage zu stellen. Darum wusste er, dass ihm keine Wahl blieb.

Er zwängte sich in den Konsolensitz.

Noch bevor er richtig saß, hatte er die 3D-Brille von der Haltevorrichtung genommen und sie auf seinem Kopf zurecht gerückt. Während er sich die Handschuhe überstreifte, starrte er bereits auf das Display vor seinen Augen. Er konnte es kaum erwarten, dass die Dunkelheit endlich Formen und Farben wich.

Und da waren die Bilder auch schon! Wie hatte er sich nach neuen Lehrmaterialien gesehnt! Sie eröffneten ihm eine Welt, die spannender nicht hätte sein können und von der er sich noch die kleinsten Einzelheiten merkte.

Stefans Lieblingsmotive waren Sonnenuntergänge – viel zu selten zu sehen –, die das Display mit ihren Kaskaden von Rot-, Orange- und Gelbtönen zum Leuchten brachten. Auch wenn andere Menschen ihn ansprachen, zumeist irgendwelche Wissenschaftler, die seinem wachen Verstand ihre scheinbar unerschöpflichen Kenntnisse vermittelten, erfüllten diese Eindrücke sein Herz und beschäftigten ihn noch lange, nachdem die Bilder wieder erloschen waren. Nicht zuletzt fesselte den Jungen alles Wissenswerte rund um den menschlichen Körper: dessen Aufbau, die Muskeln und Nervenleitungen sowie die Fülle der Stoffwechselprozesse in seinem Inneren.

Tag für Tag lernte er mehr an diesem Gerät. Sein Drang nach Welterkenntnis glich dem Durst eines in der Wüste Verirrten. Nur hin und wieder befiel ihn eine Ahnung, wie naheliegend dieser Vergleich war.

2

Gedämpftes Sonnenlicht flutete die Fertigungshalle. Inmitten einer Vielzahl von Computern, Werkbänken, Maschinen und unterschiedlichem technischen Gerät stand eine

Reihe einfacher Klapptische, auf denen sich vierzig Papp-
kartons stapelten. Jeder von ihnen beinhaltete einen Virtual-
Reality-Player, Software, Datenhandschuhe und eine 3D-
Ultraleichtbrille mit integriertem Kopfhörer, die moderner
und leistungsfähiger waren als alle vergleichbaren Produk-
te am Markt.

Durch die Scheiben, die eine ganze Längswand einnah-
men, fiel der Blick auf eine weite, sandige Ebene. Das war
der Sicherheitsbereich, der den Gebäudekomplex umgab.
In den vergangenen zwei Monaten war unter den Beschäftigten das Gerücht kursiert, dass der Sand mit Minen gespickt sein sollte. Diese eher scherzhafte gemeinte Vermutung war sicher dem exotischen Arbeitsumfeld geschuldet
gewesen. Denn keiner der Techniker, Softwareentwickler,
Filmemacher, Wissenschaftler und Pädagogen, die hier
gestern noch aus- und eingegangen waren, hatte zuvor jemals auf einem geheimen, von der Außenwelt abgeschotte-
ten Militärstützpunkt gearbeitet.

Am Vortag war die Tätigkeit in der Halle abrupt zum
Erliegen gekommen. Die Spezialisten hatten ihren Job er-
ledigt und waren umgehend abgereist. Heute sollten die
Kartons abgeholt werden – ein Transport an irgendeinen
Ort, zu irgendeinem Zweck. Niemand, der hier beschäftigt
gewesen war, wusste Näheres.

Auf einem Stuhl, den er sich an die Klapptische heran-
gerollt hatte, saß ein einzelner Mann in einem grauen Jackett. Er war als letzter aus seinem Team vor Ort. Acht
Wochen lang hatte er hier ein Projekt geleitet, das vom
Präsidenten persönlich vorangetrieben worden war und an
dem sich IT-und Elektronikfirmen aus den USA, Europa,
Südkorea und Japan beteiligt hatten.

Ihre Arbeit war erfolgreich gewesen. Sie hatten nicht nur
die VR-Technik revolutioniert, sondern auch eine neue

Form interaktiver Medien geschaffen, die einen spannenden, ja geradezu mitreißenden Unterricht ermöglichten.

Davon überzeugte er sich gerade selbst ein letztes Mal. Er hatte sich eine der 3D-Brillen aufgesetzt und war in den Unterrichtsstoff versunken. Seine Gesichtszüge verrieten Konzentration und Genuss.

Die Frau in Uniform, die sich ihm von hinten näherte, sah und hörte er nicht, obwohl ihre Schritte rhythmisch in dem Raum widerhallten. Erst als sie eine Hand auf seine Schulter legte, um sich bemerkbar zu machen, zuckte er zusammen, tastete mit dem Zeigefinger nach einem Sensor an der Frontseite des Abspielgeräts und schob sich die Brille auf die Stirn.

»Guten Morgen«, begrüßte ihn die Soldatin. »Entschuldigen Sie, dass ich Sie erschreckt habe.«

»Halb so wild. Auch Ihnen einen guten Morgen«, antwortete der Projektleiter, und sie schüttelten sich die Hände.

»Haben Sie noch einmal alles überprüft? Oder war das eine private Sitzung?«

»Wie man's nimmt. Ich denke, beides.« Der Mann im Jackett lachte und warf einen fast liebevollen Blick auf das Equipment auf dem Tisch. »Haben Sie die Geräte schon einmal ausprobiert? Nutzen Sie die Gelegenheit! Soweit ich weiß, wird das alles in ein paar Stunden abgeholt.«

»Danke, schon mehrmals«, erwiderte die Offizierin, die während der vergangenen Monate für die Sicherheit der Einrichtung zuständig gewesen war. »Sie hatten ein tolles Team hier, lauter enthusiastische Leute ... und ausgezeichnete Techniker.« Sie schob die Unterlippe ein wenig vor und nickte anerkennend.

Mit einem Ausdruck des Bedauerns erhob sich ihr Gegenüber von seinem Stuhl. »Da haben Sie recht. Und was wir hier auf die Beine gestellt haben! In so kurzer Zeit! Schade nur, dass wir wohl nie erfahren werden, wofür eigentlich.«

Sie reagierte auf seine Anspielung mit einem Achselzucken. »Auch wenn Sie es mir nicht glauben wollen: Ich weiß genauso wenig wie Sie.«

»Eine ›Modellschule‹, jaja. Nun gut, lassen wir es dabei.« Er machte eine skeptische Miene, wechselte aber leichthin das Thema. »Mein Wagen kommt in einer halben Stunde, und ich muss noch meine Koffer holen«, erklärte er. »Begleiten Sie mich vielleicht ein Stück?«

Die Offizierin schloss sich ihm an. Sie hatte ohnehin den Auftrag, dafür zu sorgen, dass er, der letzte auf dem Stützpunkt verbliebene Zivilist, das Gelände umgehend verließ.

In der Ferne donnerte es irgendwo. Die Soldatin war jedoch zu tief in Gedanken versunken, um das Geräusch wahrzunehmen. Sie hatte von Anfang an vermutet, dass keiner der Mitarbeiter dem Präsidenten den vorgeblichen Zweck ihres Projekts – Highend-Equipment für eine Modellschule herzustellen – wirklich abgekauft hatte. Dazu waren die Rahmenbedingungen ihrer Arbeit einfach zu außergewöhnlich gewesen.

Aber die Wahrheit ahnte auch niemand. Das war in ihren Augen die Hauptsache. Man hatte fast alle Beteiligten bewusst im Dunkeln darüber gelassen, worum es eigentlich ging. Wie vielen Menschen mochte in den letzten Wochen dasselbe widerfahren sein wie dem Mann an ihrer Seite? Vermutlich waren es tausende, die man für das Programm rekrutiert hatte, in hunderten ähnlicher Einrichtungen rund um die Welt.

Die Offizierin war eine der wenigen, die die Zusammenhänge und den wahren Zweck der Projekte kannte.

Das VR-Equipment zum Beispiel sollte zukünftigen Generationen das Lernen erleichtern. Es ging dabei allerdings nicht um eine Modellschule, sondern um weitaus mehr, nämlich den Fortbestand des menschlichen Wissens weit über ihre Generation hinaus. Deshalb hatte dieses Projekt eine so hohe Priorität gehabt – und unbegrenzte finanzielle Mittel dazu.

Doch die Soldatin hatte Zweifel. Nicht, dass sie das jemals laut ausgesprochen hätte. Aber sie fragte sich, ob diese Technologie den jungen Leuten wirklich würde vermitteln können, was »Leben« bedeutete. Darunter war schließlich mehr zu verstehen als reines Faktenwissen.

Es gab noch einen weiteren Aspekt, der ihr Sorgen bereitete: Woher wollten die Verantwortlichen eigentlich wissen, was die Kinder und Jugendlichen in Zukunft tatsächlich erwartete?

»Sie sind ja so schweigsam heute. Bedrückt Sie etwas?«, fragte der Mann im Jackett, als sie sein Quartier erreicht hatten.

»Tut mir leid. Nichts von Belang«, wiegelte die Offizierin ab.

»Ich denke, dass wir alle – auch Sie und Ihre Leute – auf unsere Arbeit hier stolz sein können. Meinen Sie nicht? Oder machen Sie sich Sorgen, das Ihre Vorgesetzten das anders sehen?«

»Ganz im Gegenteil, alle sind überaus zufrieden«, antwortete sie.

Das entsprach sogar der Wahrheit, dachte sie bei sich. Angesichts der weltpolitischen Lage hätte ein Überschreiten des vorgegebenen Zeitfensters unabsehbare Folgen für das gesamte Programm gehabt.

Sie wollte gerade noch ein paar persönliche Worte an den Projektleiter richten, da donnerte es draußen erneut.

Darum sagte sie nur: »Kommen Sie. Wir sollten uns lieber beeilen.«

3

»Und das Ribosom ist die Produktionsstätte der Zelle, in der die Endprodukte, die Primärstrukturen der Proteine, aus den Aminosäuren zusammengesetzt werden. Richtig?«

Andi blickte über die Schulter seines Schülers hinweg auf einen imaginären Punkt an der Wand und gab tief in seinem Inneren ein anhaltendes Brummen von sich. Dann seufzte er – zumindest produzierte die Sprachausgabe ein entsprechendes Geräusch. Wie auch immer: Stefan hätte ohnehin nicht sagen können, ob sich dieser »Seufzer« auf seine Ausführungen bezog oder ob es sich dabei um eine Störung in Andis Sprachausgabe handelte.

»Zu jeder Synthese von hochmolekularen Verbindungen gehört auch ein gewisser Energieaufwand«, bemerkte der Androide unvermittelt.

»Natürlich.«

»Nenne die Energiequelle«, ordnete der Mentor an.

»Das ist das Adenosintriphosphat«, antwortete Stefan, ohne zu zögern.

Andi schnarrte nun auffallend laut. Er vermochte darauf offensichtlich keinen Einfluss zu nehmen. Doch er ignorierte die Störung einfach.

»Wenngleich du zur Schilderung komplizierter biochemischer Sachverhalte manchmal recht ungewöhnliche Umschreibungen benutzt, wo eine wissenschaftlichere Ausdrucksweise angebracht wäre, sehe ich, dass deine Antworten richtig sind. Sehr gut, Stefan!«

Sein Schüler lehnte sich erleichtert zurück und schloss für einen Moment die Augen. Die ununterbrochene, in-

111

tensive geistige Arbeit, besonders die Fragen zur Planck'-
schen Quantentheorie, die Gegenstand der vorangegangen
Sitzung gewesen war, hatten ihn ziemlich ermüdet.

Aber er war stolz auf sich und sein Wissen.

»Andi«, ließ er sich nach einiger Zeit leise vernehmen,
»in dem Film über die Kernspaltung habe ich, wenn auch
nur ganz kurz, wieder Menschen gesehen, die viel älter
sind als ich. Du weißt doch, wie neugierig ich darauf bin,
sie kennenzulernen. Wann darf ich meine Kammer verlassen? Wann kann ich sie endlich einmal treffen?«

»Obwohl du die Antworten schon kennst, stellst du
diese Fragen immer wieder«, beklagte sich der Mentor.
»Quäl dich nicht damit. Der Zeitpunkt ist für dich noch
nicht gekommen. Vielleicht erreichst du ihn schon in hundert Tagen, vielleicht aber auch erst viel später.«

Mit einer dermaßen ungenauen Antwort gab sich Stefan
nicht zufrieden. »Aber ich kann es kaum erwarten. Manchmal fühle ich mich allein, richtig einsam, trotz deiner Anwesenheit«, fügte er deshalb hinzu.

»Das ist eine nachvollziehbare Emotion«, stellte Andi
trocken fest. »Darum gehst du ja alle zehn bis fünfzehn
Wachphasen zu Mata. Sie schenkt dir ihre uneinge-
schränkte Liebe. Mit ihr kannst du alles besprechen, was
dich bedrückt.«

Mata! Sie war für Stefan der Inbegriff an Wärme, Zärt-
lichkeit und liebevollem Verständnis. Andi hatte ihre Be-
ziehung, die auf Gegenseitigkeit beruhte, korrekt beschrie-
ben. Er liebte sie und vertraute ihr bedingungslos. Später,
so sagte ihm auch Mata immer wieder, würde er andere
Menschen treffen und mit ihnen interagieren können. Den
einen oder anderen würde er vielleicht sogar ebenso lieben,
wie er sie liebte, versicherte sie ihm stets aufs Neue.

Mata hatte ihn noch nie belogen.

»Wo sind denn die Menschen, die ich gesehen habe, Andi?«, drang er weiter auf seinen Mentor ein. »Ich meine, sie leben in dieser Welt mit all den Pflanzen und Tieren ... und mit der Sonne, die ich so fantastisch finde. Werde ich auch dort leben, wenn die Zeit dafür reif ist?«

»Das ist leider unmöglich«, erwiderte der Androide. »Diese Bilder stammen aus der Vergangenheit. Deine Welt, Junge, besteht aus den Kammern, den Gängen, aus Mata und mir. Später einmal wirst du mit anderen zusammenkommen, die so sind wie du. Aber die Welt aus den Kristallen existiert nicht mehr.«

Sprachlos starrte Stefan ihn an.

»Denk in Ruhe darüber nach«, fügte sein Mentor hinzu. »Du wirst zu dem Schluss kommen, dass es hier sicher ist und dass du alles hast, was du brauchst. Du bist hier glücklich. Dies ist deine Wirklichkeit. Alles andere sind nur Bilder.«

»Das glaube ich dir nicht«, widersprach der Junge. »In einem Kristall habe ich Menschen gesehen, die Androiden bauen und programmieren. Erinnerst du dich? Wenn du auch von Menschen geschaffen worden bist, müssen sie ja irgendwo sein. Sie müssen so real sein, wie du es bist. Und ihre Welt ist es demnach auch.«

Andi schwieg ungewöhnlich lange, bevor er antwortete. »Das ist eine logische Schlussfolgerung. Du hast bei deiner Überlegung aber vergessen, mein Alter und den Zeitpunkt der Aufzeichnungen zu berücksichtigen. Darum werde ich dir mitteilen, wie alt ich und diese Lehrmaterialien sind: weit über einhundert Jahre.«

Während Stefan noch versuchte, die Bedeutung dieser Worte zu erfassen, fuhr sein Mentor bereits fort: »Ich hoffe, du verstehst mich: Die Welt, die du in den Aufzeichnungen siehst, hat sich nicht nur verändert – es gibt sie nicht mehr. Die Kammern, die Gänge, Mata und ich, wir sind die neue Welt. Alles andere wird dir das ›Kommende‹ zeigen. Du musst nur Geduld haben – und Vertrauen.«

Der Junge hatte nicht geahnt, wie weit seine Gedanken von der Realität abgewichen waren. Er zog die Brauen zusammen, als er das Gehörte zu begreifen begann.

Andererseits: War es nicht auch möglich, dass Andi sich irrte? Die Antworten des Androiden hatten Stefan zwar noch nie Anlass zu Zweifeln gegeben. Heute jedoch konnte er nicht anders, als sie zu hinterfragen. Zu lebendig standen die Bilder aus den Lehrmaterialien vor seinem geistigen Auge. Es konnte doch nicht sein, dass diese Welt komplett verschwunden war?

Am liebsten hätte er persönlich herauszufinden versucht, was es außerhalb seiner gewohnten Umgebung alles gab. Da *musste* noch etwas anderes sein!

»Die Menschen aus den Kristallen, die Wissenschaftler und die anderen älteren Leute ... Sie leben also nicht in Kammern so wie du und ich?«, hakte er vorsichtig nach.

Andi streckte seine unteren Gliedmaßen, schob den Rumpf ein wenig vor und drehte sich zur Gleittür um. »Nein«, antwortete er, »sie sind schon lange tot.«

Grußlos ging er hinaus in die Dunkelheit.

Während sich die Tür hinter ihm schloss, schossen dem Jungen plötzlich Tränen in die Augen. Verwundert wischte er sie mit dem Ärmel von seinen Wangen.

4

In der Finsternis, die Stefan umgab, tanzte vor seinen Augen der schwache Lichtpunkt der roten Lampe auf Andis Rücken, die nur knapp einen Zentimeter im Durchmesser maß. Bei jedem Schritt auf dem soliden Betonboden verursachten die Sandalen des Jungen ein leichtes Schleifgeräusch und einen kaum wahrnehmbaren Widerhall. Neben der Schwerkraft waren diese Sinneseindrücke der einzige Orientierungspunkt für sein Gleichgewichtsgefühl und sein räumliches Empfinden.

Wenn er die Arme ausstreckte und nach allen Seiten schwang, stieß er auf kein Hindernis. Doch falls er seinen Ohren noch trauen konnte, musste es irgendwo links und rechts Wände geben, die die Geräusche seiner Schritte reflektierten.

Er kannte die Gänge zwischen den Kammern schon von Kindesbeinen an und hatte sie stets mit gespannter Erwartung durchschritten. Heute jedoch frustrierte ihn der Umstand, nichts sehen zu können, zum ersten Mal.

Natürlich freute er sich auch, dass er endlich wieder zu Mata gehen konnte. Je älter er geworden war, desto seltener waren diese Besuche geworden. Umso mehr hatte er in den letzten Jahren die Zeit mit ihr genossen, die Geborgenheit in ihren Armen und die Gefühlswoge, die ihn jedes Mal packte und in eine andere Realität zu versetzten schien. Wenn er sich an den Leib seiner Mutter schmiegte, ihre Stimme hörte und sie ihn streichelte und liebkoste, war er einfach glücklich. Das war ein gutes, ein erhabenes Gefühl, von dem er tagelang zehren konnte.

Doch die Fragen nach den Grenzen seiner Welt und einem möglichen Dahinter ließen ihn einfach nicht mehr los. Während er dem Lämpchen weiter durch die Dunkelheit folgte, war er mehrmals versucht, einfach geradeaus weiterzulaufen, obwohl der kleine Mentor vor ihm abbog, und sich dem unsichtbaren Bereich des Verbotenen zu nähern.

Irgendwann wäre er schon auf einen Widerstand getroffen, soviel war gewiss, dachte er.

Anstatt dieser Versuchung nachzugeben, probierte er es abermals, Andi neue Informationen zu entlocken: »Sag mal, gibt es eigentlich noch größere Kammern als meine? In denen sich die anderen Menschen treffen, von denen du gesprochen hast? Darf ich sie auch besuchen, wenn ich älter bin?«

Der Androide antwortete nicht und setzte seinen Weg unbeirrt fort.

Vielleicht war eines seiner akustischen Systeme ausgefallen, dachte Stefan. »Du hast gestern das ›Kommende‹ erwähnt. Kannst du mir nicht jetzt schon mehr darüber erzählen?«, fragte er weiter. »Ich würde vor allem gerne wissen, ob diese Welt so ähnlich aussieht wie in den Kristallen. Und ob ich irgendwann einmal die Sonne sehen werde.«

Doch Andi reagierte nach wie vor nicht. Wollte er nicht antworten oder konnte er nicht? Vielleicht besaß er gar nicht die nötigen Informationen. Musste er sich womöglich selbst anhand von neuen Lehrmaterialien informieren? Die Vorstellung, dass auch der allwissende Mentor seine unerschöpflichen Kenntnisse aus Aufzeichnungen bezog, irritierte den Jungen.

Plötzlich sagte Andi: »Du musst Geduld haben. Wenn die Zeit reif ist, wirst du mehr erfahren.«

Sein Schüler seufzte und folgte ihm schweigend.

Kurz darauf machten sie endlich halt. Vor ihnen öffnete sich eine Tür, und der Androide trat zur Seite, um den Jungen passieren zu lassen. Er selbst blieb im Gang zurück.

Obwohl das Licht in Matas Räumen wesentlich gedämpfter eingestellt war als in Stefans Kammer, schmerzte ihn die Deckenbeleuchtung im ersten Moment, und er blinzelte geblendet. Doch seine Augen gewöhnten sich schnell an die Helligkeit.

Während er sich umsah, stellte er fest, dass ihm diese
Kammern trotz seiner zahlreichen Besuche fremd geblieben
waren. Es gab aber auch so viele Kleinigkeiten, deren Sinn
sich ihm nicht erschloss und die ihn deshalb immer wieder
aufs Neue irritierten: die vollgestopften Bücherregale, die
Glasfiguren, die sie in Vitrinen aufbewahrte, die Porträts
der Männer und Frauen an den Wänden – lauter geheim-
nisvolle Dinge, die die Atmosphäre dieses Raums prägten.

Da glitt eine Trennwand zur Seite, und Mata kam herein. Sie trug heute einen Wollpullover, den Stefan nicht
kannte, und den dunkelgrünen Rock, der ihr wie immer
locker um die Beine schwang. Ihre Füße steckten in Stiefeletten.

»Stefan, mein lieber Junge! Ich bin so glücklich, dich
zu sehen«, begrüßte sie ihn.

»Mata!« Mit einem freudigen Lachen warf er sich in ihre
ausgestreckten Arme. Er spürte die Wärme und die Weich-
heit ihres Körpers und genoss die sanft streichelnden
Hände auf seinem Rücken.

Ihre Liebe machte alle seine Zweifel und Fragen bedeu-
tungslos.

5

Der Vorsitzende rückte seinen Stuhl zurecht und räusperte
sich, was alle Anwesenden verstummen ließ.

»Liebe Kolleginnen und Kollegen, danke für Ihr Kommen«, eröffnete er die Sitzung. »Wie Sie wissen, haben wir
heute eine sehr kurze Tagesordnung. Beginnen wir deshalb
mit dem einzigen Punkt, der noch umstritten ist: Mensch-
liches Personal, ja oder nein. Ich habe Ihre Stellungnah-
men, die Sie mir in dieser Sache vorab zukommen ließen,
gründlich studiert. Auf der Basis Ihrer Argumente bin ich

mehr denn je davon überzeugt, dass die Überwachung des Programms durch Menschen ein unkalkulierbares Risiko darstellt.«

Er machte eine Pause, bis das Gemurmel, das er erwartet hatte – hier zustimmend, dort empört –, wieder abgeschwollen war. »Wir sind uns alle einig, dass wir uns in dieser Frage keine Fehler leisten können. Ich möchte deshalb Folgendes von Ihnen wissen: Wer von Ihnen ist der Meinung, er oder sie könnte alle Entscheidungen, die vor Ort getroffen werden müssen, mit der notwendigen Perfektion treffen?«

Er warf einen Blick in die Gesichter der Männer und Frauen, die sich an dem runden Tisch versammelt hatten. »Keiner? Das dachte ich mir. Jetzt bedenken Sie bitte noch die Verantwortung und den Druck, der auf dem Personal lasten würde ... Ja? Bitte?«

Die junge Psychologin, die er auf seiner Seite wusste, hatte ihren Arm gehoben.

Als er ihr das Wort erteilte, warf sie einen Blick in das Notebook, das vor ihr auf dem Tisch lag, und sagte: »Wir haben diesen Punkt im Fachausschuss eingehend diskutiert. Dabei sind wir zu demselben Schluss gekommen wie Sie. Während unser Projekt ein Höchstmaß an Perfektion verlangt, ist die menschliche Psyche alles andere als vollkommen. Ein Mensch ist der Müdigkeit unterworfen, der Abstumpfung, dem Machtstreben und der Faulheit ...«

Sie studierte noch einmal ihre Notizen, bevor sie fortfuhr. »Menschen treffen hier und da unvernünftige Entscheidungen – Bauchentscheidungen, die nicht immer die besten sind. Im Verlauf dieses Programms ist es außerdem nicht auszuschließen, dass Emotionen aufkommen: Sympathie oder Abneigung, Liebe oder Hass. Weitere Gefahren können sich aus der Vernachlässigung einer notwendigen

Pflicht ergeben, aber auch aus dem Gegenteil: der Bevorzugung einer Pflicht gegenüber einer anderen. All das spricht klar gegen jede menschliche Beteiligung.«

»Jedes Detail, das zu Störungen führen kann, gefährdet das System als Ganzes«, fügte der technische Leiter, der neben ihr saß, ihren Ausführungen hinzu. »Mehr noch: Wir müssen damit rechnen, dass es eine ganze Kette von Folgestörungen nach sich zieht.«

»So ist es«, stimmte der Versammlungsleiter den beiden zu. »Danke für Ihre Wortmeldungen. Wir sind uns in diesem Punkt also einig?« Er warf erneut einen Blick in die Runde.

Der zweite Psychologe im Führungsgremium, ein Mann in den frühen Fünfzigern, bat um Aufmerksamkeit. Er war dafür bekannt, sich an diesem Tisch nur dann zu einem Thema zu äußern, wenn er mit der Mehrheitsmeinung nicht einverstanden war.

»Das alles sind gute Argumente«, räumte er ein, »aber vergessen Sie bitte nicht: Wir sprechen hier von Kindern. Sie können doch nicht allen Ernstes annehmen, dass man Kinder ausschließlich mithilfe von Maschinen großziehen kann!«

Auf seinen Einwand hin begannen alle Anwesenden durcheinanderzusprechen.

Doch der Psychologe hatte noch mehr zu sagen. Mit einer Geste brachte er die Runde dazu, ihm zuzuhören.

»Die Forschungslage ist hier eindeutig«, fuhr er eindringlich fort. »Ohne persönliche Zuwendung, ohne feste Bezugspersonen werden diese Kinder schwere psychische Schäden davontragen. Das wäre unverantwortlich. Wir wissen ja noch nicht einmal, was für Auswirkungen die künstlichen Uteri auf die Psyche dieser armen Wesen haben werden.«

Wie in den meisten Fällen reizte sein Beitrag den Regierungsbeamten zum Widerspruch. »Bei allem Respekt: Darf ich Sie daran erinnern, worum es bei diesem Projekt geht? Um das Überleben unserer Rasse! Und Sie reden hier über Bezugspersonen?«

Der Mann erhob sich von seinem Platz, um seinen Worten Nachdruck zu verleihen. »Das Programm hat hunderte Führungskräfte und tausende Fachleute über Monate in Atem gehalten. Wir haben die Anlagen errichtet, die Quantencomputer für die KIs eingebaut, die Leitsysteme, die Lebenserhaltung, die Recyclinganlage und was-weiß-ich-nicht-alles für Systeme. Nano-Assembler, 3D-Drucker, RFID-Technik ... Das Ganze hat Unsummen gekostet! Ich bin heute hergekommen, um über echte Probleme zu sprechen, zum Beispiel die, die wir mit dem Fusionsreaktor haben. Sollten wir uns nicht darauf konzentrieren?«

Mit einer beschwichtigenden Geste brachte der Vorsitzende den Beamten dazu, sich wieder hinzusetzen. »Das werden wir, gleich im Anschluss. Lassen Sie uns bitte versuchen, vorher zu einer Einigung zu kommen. Unser Kollege hat ein wichtiges Argument vorgebracht. Wir sollten es prüfen und in die Planungen einbeziehen.«

»Der entscheidende Punkt ist doch: Menschen altern«, warf einer der Wirtschaftsvertreter ein. »Das Programm ist aber auf einen viel längeren Zeitraum ausgelegt als nur ein Menschenalter.«

Nach diesem Wortwechsel herrschte in der Runde angespanntes Schweigen.

»Keine Ideen?«, fragte der Vorsitzende. Er fühlte sich genötigt, einige aufmunternde Worte hinzuzufügen. »Wir haben einen gigantischen, sich selbst erhaltenden technischen Komplex aufgebaut, wie es ihn in der Geschichte der Menschheit noch niemals gab. Darum bin ich mir sicher, dass wir das angesprochene Problem ebenfalls lösen können.«

»Ich wüsste da eine Möglichkeit«, unterbrach die Stimme des technischen Leiters die Stille.

Neun Köpfe wandten sich dem Mann zu.

Der Vorsitzende lehnte sich zufrieden in seinen Stuhl zurück. »Bitte. Unterbreiten Sie Ihren Vorschlag. Wir sind ganz Ohr.«

6

Der Junge legte die Hanteln beiseite, schüttelte die Armmuskeln aus und schwang sich mühelos auf das Reck. Seine Kraft und Körperkontrolle waren das Resultat des täglichen Trainings, das er in dem nicht weit von seiner Kammer entfernten Übungsraum absolvierte.

Da er seine körperliche Verfassung für den Normalfall hielt, hatte er sich bisweilen über das Übergewicht vieler Menschen in den Lehrmaterialien gewundert und Vergleiche gezogen. Er erklärte sich deren Fettleibigkeit als eine in der alten Welt weit verbreitete Krankheit und stellte dem Androiden dazu keine Fragen.

Stefan sprang herab und landete geschmeidig auf dem weichen Bodenbelag. Schweiß perlte in hunderten winzigen Tropfen auf seiner Stirn. Sein Gesichtsausdruck spiegelte Stolz und Selbstsicherheit. Andi hatte ihn während des Trainings mit lobenden Bemerkungen geradezu überschüttet.

»Komm! Ich glaube, ich habe für heute genug getan. Lass uns in die Kammer zurückgehen und noch ein wenig reden«, rief er dem Mentor zu und warf sich das Handtuch, mit dem er sich abgerieben hatte, über die Schulter.

Der Androide schien einverstanden zu sein, denn er drehte sich auf der Stelle um und öffnete die über Radiowellen gesteuerte Tür.

Doch gerade, als der Junge ihm in die Finsternis folgen wollte, machte Andi einen Schritt rückwärts.

Trotz seiner schnellen Reaktion konnte der Mentor den Schließmechanismus nicht rechtzeitig in Gang setzen. Er war auch nicht groß genug, um seinem Schüler den Blick hinaus zu versperren.

So sah Stefan, kurz bevor die Tür wieder zu glitt, wie zwei Gestalten von der Seite in das Lichtband traten, das aus dem Übungsraum nach draußen fiel. Er nahm die beiden nur für zwei oder drei Sekunden wahr, aber das Bild prägte sich ihm ein wie kein Lehrmaterial zuvor: ein Mensch, ein lebendiger junger Mensch, der einem anderen Mentor folgte! Er erkannte im Halbdunkel ein Mädchen mit einem rundlichen Gesicht und vor Erstaunen weit aufgerissen Augen. Es hatte schwarzes Haar, einen schlanken, dabei ausgesprochen weiblich geformten Körper und trug dieselbe Kleidung wie er.

»Schließ deine Augen! Sofort!«, befahl Andi. Die Anweisung schien synchron aus den Lautsprechern beider Androiden zu kommen. In die sonoren Stimmen mischten sich einige eisige Obertöne.

Stefan dachte gar nicht daran, dem Befehl nachzukommen. Selbst als die Tür wieder zu war, starrte er immer noch in dieselbe Richtung. Sein Gesicht war blass, und er bewegte die Lippen, ohne dass er die Worte, die sich in seiner trockenen Kehle stauten, auszusprechen vermochte. Es gelang ihm lediglich, einen Arm zu heben und diesen auf den Ausgang zu richten.

»Du wirst jetzt noch eine Weile trainieren, Junge«, ordnete der Androide ausdruckslos an.

Da sprudelten die Worte aus Stefan heraus: »Du hast sie doch auch gesehen, Andi! Du musst sie gesehen haben! Da war ein Mädchen mit einem anderen Mentor. Sie sind beide da draußen im Dunkeln!« Empörung und Erstaunen schwangen in seiner Stimme mit. »Wer ist das, Andi? Und wo gehen sie hin? Ich will mit ihr reden! Warum hast du die Tür wieder zugemacht? Warum kann ich nicht ...«

Während Stefan noch sprach, hatte Andi erneut den Durchgang geöffnet und war in die Finsternis hinausgetreten. Jetzt schloss sich die Tür hinter ihm und trennte ihn von den bohrenden Fragen seines Schülers.

Dieses Verhalten verblüffte den Jungen so sehr, dass er für einige Sekunden verstummte. Solange er Andi kannte, also seit der Zeit, da Mata Stefan in die Kammer gebracht und er sie immer seltener gesehen hatte, war dies das erste Mal, dass der Androide geradezu vor ihm geflüchtet war.

»Komm sofort zurück!«, rief er. »Lass mich raus! Ich will nicht hierbleiben!« In seiner verzweifelten Wut schlug er mit den Fäusten wieder und wieder auf die helle Kunststoffverkleidung ein.

Schließlich begriff Stefan, dass er den Raum nicht ohne die Hilfe des Mentors verlassen konnte. Tränen schossen ihm in die Augen, und er glitt zu Boden.

Während er dasaß und darauf wartete, dass Andi zurückkam, verspürte er eine nie gekannte Enge um sich herum. Die Wände schienen ihn geradezu zu erdrücken!

Als die Maschine den Jungen später befreite und zurück in seine Kammer führte, erwähnte keiner von ihnen den Vorfall auch nur mit einer Silbe.

Aber Stefans Augen durchforschten die Dunkelheit unruhig, und seine Gedanken kreisten um ein einziges Begehren: Flucht!

Zwei Wachphasen lang konfrontierte er Andi mit Leistungsverweigerung und verlangte danach, Mata zu sprechen. Stefan merkte jedoch schnell, dass das künstliche Wesen diese Forderung nicht erfüllen konnte oder wollte und dass er den Androiden mit seinem Verhalten kaum beeindruckte.

Es verschaffte ihm zumindest eine gewisse Befriedigung, unter eigener Regie zu handeln.

Mehr Erfolg versprach er sich von der Tatsache, dass der Mentor ihn, wann immer er kam, auf dem Bett liegend vorfand. Stefan tat nichts anderes mehr, als an die Decke zu starren, und war zu nichts zu bewegen. Er lehnte sogar neue Kristalle ab.

Wenn Andi sich in der Kammer aufhielt, redete er unaufhörlich auf seinen Schüler ein. Die Maschine gab sich alle Mühe, das Verhalten des Jungen zu deuten, und versuchte, ihn in ein Gespräch darüber zu verwickeln. Doch weil Stefan genau wusste, was er tat, unterließ er es, Andi seine Beweggründe mitzuteilen.

Am Morgen des dritten Tages gab er vor, dass es ihm wieder besser ginge. Er bat darum, neben dem vorgeschriebenen Lehrstoff einige elektrische Bauteile zu bekommen, »um sich mit Arbeit abzulenken«.

Der Androide ging darauf ein und brachte ihm die gewünschten Materialien. Er schien beinahe erleichtert zu sein, Stefan wieder motiviert zu sehen, und hegte kein Misstrauen.

Genau das hatte Stefan durch sein Verhalten zu erreichen gehofft. Nachdem er eine Zeit lang scheinbar ziellos herumgebastelt hatte, stellte er eine provisorische Taschenlampe und einen Heizstab her, die er beide gut versteckte.

Während der Schlafenszeit gelang es ihm mit Hilfe des Heizstabs, die Kunststoffverkleidung neben dem elektrischen Türöffner so weit zu erhitzen, dass er sie mit einiger Mühe und viel Geduld kneten und verformen konnte. Stefan vermied es bewusst, den Dimmer zu betätigen, arbeitete im Dunkeln oder im schwachen Licht seiner Taschenlampe.

Dabei musste er immer wieder an das Mädchen denken, deren Gesicht er nach wie vor klar vor Augen hatte. Warum hielt man sie nur voneinander getrennt?, fragte er sich ein ums andere Mal. Wo mochte sie wohl sein? Womöglich lebte sie in einer Kammer ganz in der Nähe. Ob es ihm gelingen würde, sie zu finden, wenn er sich erst einmal befreit hatte?

Vergessen waren die Jahre, in denen er Andi verehrt, dessen Wissen bewundert, jedes Wort des Mentors geglaubt und alle seine Erklärungen akzeptiert hatte. Es war, als hätte ihm der Zwischenfall im Übungsraum einen Schleier von den Augen gerissen.

Schließlich ließ sich die Wandverkleidung weit genug nach außen biegen. Dahinter verliefen die Kabel und Kontakte, die er zu finden gehofft hatte.

Stefans Herzschlag beschleunigte sich, als er einen der Drähte zwischen Daumen und Zeigefinger nahm und vorsichtig um das abisolierte Stück eines dickeren Kabels wickelte. Anschließend ließ er das freie Ende auf das blanke Metall darunter fallen.

Ein kleiner Blitz zuckte auf – der erhoffte Kurzschluss.

Nachdem er die Verriegelung außer Funktion gesetzt hatte, ließ sich die Gleittür problemlos aufschieben.

Er nahm die Lampe und den Heizstab und drang in die Finsternis ein.

Aus den »Leitlinien zur Programmierung«, Arbeitsgruppe 1045-5, Detroit:

»Den Mentoren steht bis auf wenige Ausnahmen das gesamte gespeicherte Material zur Verfügung. Davon ausgeschlossen sind alle übergeordneten Speichersysteme, die Speicher 22507 folgende, die das abschließende Programm enthalten, die geradzahligen Speicher der Reihen 22350 bis 22380 sowie die der Reihen 11407, 11419, 12470 und 12471. Die Mentoren stehen in ständiger Verbindung mit den einzelnen Sektionen der beiden zentralen künstlichen Intelligenzen ...«

»Im außergewöhnlichen Fall, wie er durch die in Speicher 12470 und 12471 genannten Vorgänge gegeben ist, zum Beispiel bei einer tödlichen Krankheit oder einer schweren Verletzung, die nicht operiert werden kann, tritt ohne Verzögerung die Subroutine Z (siehe dort) in Kraft. Diese ist unverzüglich der Gesamtheit der Mentoren zu übermitteln. Die Übermittlung der Weisungen erfolgt zeitlich befristet, bis die Subroutine abgeschlossen ist. Anschließend sind die Weisungen in den Speichern aller Mentoren wieder zu löschen ...«

Geprüft und genehmigt vom Leiter der Arbeitsgruppe 1045-5, 18. August 2025

Handschriftliche Randnotizen: »Gewalt vermeiden!« – »Gefahrenquellen ohne Störung des Programms entfernen!«

Der Junge bewegte sich vorsichtig an den Wänden entlang. Er erkannte bald, dass er in dem Gangsystem, das er hinter der Tür vorgefunden hatte, ohne Licht nicht weiter gekommen wäre als ein paar Schritte. Wahrscheinlich hätte seine Flucht in einem der Gräben ihr Ende gefunden, die genau in der Mitte jedes Ganges verliefen.

Nur ein einziges Mal, nicht lange nach seiner Flucht, begegnete ihm im Lichtschein der Taschenlampe ein fremder Androide, der – offensichtlich ohne ihn wahrzunehmen – unbeirrt auf ihn zulief. Er musste die Maschine packen und zur Seite stoßen, um einen Zusammenprall zu vermeiden. Dabei fiel sie in den Graben zu seiner Linken und blieb nach dem harten Aufprall reglos darin liegen.

Dieser Zwischenfall stärkte Stefans Selbstvertrauen. Er ließ den Jungen die Kraft spüren, die er sich im Laufe der Zeit antrainiert hatte. Wer sollte ihn jetzt noch aufhalten?

Aber sein Ausbruch blieb unbefriedigend. Er folgte dem Verlauf der Gänge und ließ Abzweigung um Abzweigung hinter sich, ohne einen Anhaltspunkt zu finden, wohin er sich wenden sollte. Das System der Tunnel schien endlos. Es kam ihm vor, als würden ihn die Wände, die mit unzähligen unspezifischen Rillen und Vertiefungen bedeckt waren, in ihrer monotonen Abfolge verhöhnen.

Er war schon mehrmals stehengeblieben, um auf gut Glück gegen die nächstbeste Wand zu klopfen, ohne dass jemand darauf reagiert hätte. Da stieß Stefan unvermittelt auf eine Reihe von Türen, deren erste sich öffnete, als der Lichtkegel der Lampe sie streifte.

Es dauerte einige Sekunden, bis er begriffen hatte, dass er selbst das auslösende Signal gegeben haben musste. Diese Türsteuerung reagierte offenbar nicht nur auf Radiowellen, sondern ließ sich zusätzlich über eine Fotozelle aktivieren.

Neugierig näherte er sich dem erleuchteten Rechteck und betrat leicht vorgebeugt den niedrigen Raum. Einer Eingebung folgend, legte er den Heizstab so in den Rahmen, dass er die Tür einen Spalt breit offen halten würde, sollte sie sich von selbst wieder schließen. Er wollte seine eben gewonnene Freiheit nicht durch Leichtsinn gleich wieder einbüßen.

Die Decke des Raumes war von Rohren durchzogen, so dass er darin nicht aufrecht stehen konnte. Ein tiefes Summen war zu hören, das durch die Vibration des Bodens unterstützt wurde.

Die Ursache dafür waren die an den Wänden aufgereihten Maschinen. Sie stießen unentwegt kleine Kugeln aus, die in Trichter rollten. In einigen der Zuleitungsrohre vernahm er schabende Geräusche, als glitte in ihnen eine zähe Masse langsam voran. In anderen plätscherte irgendeine Flüssigkeit. Als er die Kunststoffverkleidungen mit den Händen berührte, fühlten sie sich warm an.

In den Auffangvorrichtungen erkannte Stefan seine täglichen Mahlzeiten wieder, die hier in Form von Pillen ausgespien wurden. Er trat an einen der Trichter heran, griff sich eine Handvoll der Konzentrate und stopfte sie in die Hosentasche.

Dann erlosch sein Interesse an dem Raum und dessen Funktion, und er verließ ihn wieder, zufrieden mit seinem Fund.

Zurück in dem dunklen Gang stellte er fest, dass die benachbarten Türen fest verschlossen waren. Sie gaben auch nach mehreren Tritten keinen Millimeter nach.

Hatten die Mentoren seinen Ausbruch entdeckt und ihn absichtlich ausgeschlossen?

Stefan lachte über diesen Gedanken. »Ausgeschlossen« war definitiv das falsche Wort. Denn er kam sich immer noch eingeschlossen vor!

So durchstreifte er die Gänge weiter, bis er das System zu durchschauen glaubte, das ihnen zugrunde lag. Allem Anschein nach hatte er sich im Kreis bewegt. Dabei war er zwar auf viele Türen gestoßen, hatte aber keine davon aus eigener Kraft öffnen können. Ohnehin war nicht eine von ihnen als ein Ausgang zu erkennen gewesen.

Es gab keinen Grund, weiter herumzuirren. Darum setzte er sich auf den Boden und begann, einige der Nahrungspillen zu zerkauen.

Er musste nachdenken.

10

Den Rückweg zu seiner Kammer hatte er schnell gefunden. Die beschädigte Tür stand nach wie vor halb offen, und durch die Öffnung drang Licht nach draußen. Die Taschenlampe konnte er jetzt ausschalten.

Der Anblick des Raums, den er erst vor kurzem verlassen hatte, erschien ihm nun beinahe fremd. Bis auf die Farbtupfer der Grünpflanzen und der Bilder an der Wand strahlte er eine unwirtliche, ja bedrohliche Atmosphäre aus.

Stefan war überrascht, Andi zu entdecken, der neben dem Abspielgerät in der Ecke stand. Der Android musterte den Jungen ausdruckslos aus seinen glänzenden künstlichen Augen. Seine Haltung wirkte anklagend.

»Wir werden unverzüglich Mata aufsuchen!«, erwachte Andis Lautsprecher zum Leben, kaum dass sein Schüler eingetreten war. »Ich bin mir sicher, dass du sie jetzt gerne sehen möchtest.«

Seine Mutter zu sprechen war zwar genau das, was Stefan gefordert hatte, dennoch war er erstaunt, dass das Treffen jetzt sofort stattfinden sollte.

»Du wirst mit ihr über alles reden können, was du in dieser Wachphase erlebt hast«, fuhr die Maschine fort. »Du musst aber davon ausgehen, dass sie von dir enttäuscht ist. Hast du vergessen, dass man einen Menschen, den man liebt, nicht enttäuschen darf?«

Der Junge wusste nicht, was er darauf erwidern sollte. Andi traf ihn mit dieser Frage an seinem wundesten Punkt: seiner Liebe zu Mata. Es gelang dem Androiden, umgehend Schuldgefühle in Stefan hervorzurufen.

Es kostete den Jungen Mühe, sich nichts anmerken zu lassen. Er hoffte, dass seine Miene nicht verriet, wie er wirklich empfand.

»Du musst mir nicht antworten«, sagte Andi, nachdem er vergeblich auf eine Reaktion gewartet hatte. »Lass uns jetzt gehen. Hier kannst du nicht bleiben.«

Stefan trat einen Schritt zurück, um die Maschine vorbeizulassen, und folgte ihr dann. Im Hinausgehen streifte er mit den Fingerspitzen die Blätter seiner Grünpflanzen. Es kam ihm vor, als würde er sie für eine lange Zeit nicht wiedersehen.

Die Lampe ließ er ausgeschaltet und hielt sie fest umklammert. Während er dem Leitlicht des Androiden durch die Finsternis folgte, hatte er genug Zeit, seine Gedanken zu sortieren.

Was war, wenn Mata tatsächlich böse auf ihn sein sollte?, überlegte er. Stefan konnte sich gut vorstellen, dass sie sein Verhalten missbilligte. Andererseits war sie ein Mensch, kein künstliches Wesen wie Andi. Insofern hoffte er, dass sie ihn verstehen würde, vielleicht sogar nachvollziehen konnte, warum er zu fliehen versucht hatte.

Dass sie sich Zeit für ihn nahm, so kurz nach dem letzten Treffen, sah Stefan als gutes Zeichen. Das Gespräch mit ihr böte ihm die Gelegenheit, mehr über das, was er heute von seiner Welt gesehen hatte, zu erfahren. Es gab so viele neue Fragen, die er Mata stellen musste!

Außerdem dachte er darüber nach, was der Androide mit der letzten Bemerkung gemeint haben konnte. Durfte Stefan nicht länger in der Kammer bleiben, weil man die Tür nicht mehr schließen konnte? In diesem Fall würde man ihn sicher umquartieren.

Oder hatte Mata etwa entschieden, dass es endlich an der Zeit war, ihn mit anderen Menschen zusammenzubringen? Vielleicht an einem ganz anderen Ort? Damit ginge für ihn ein Herzenswunsch in Erfüllung. Er traute sich kaum, sich diese Vorstellung weiter auszumalen.

Stefan schüttelte den Kopf. Er machte sich klar, dass er Andis Worte lieber nicht so positiv interpretieren durfte. Er musste vielmehr mit der Möglichkeit rechnen, dass Mata ihn bestrafte, dass er womöglich irgendwo eingesperrt werden sollte. Aber das würde er nicht zulassen! In diesem Fall würde er sich erneut auf die Flucht machen.

Als sie die Kammern seiner Mutter erreichten, trat der Junge ein und wartete, bis der Androide die Tür hinter ihm geschlossen hatte. Erst danach ließ er sich in einen der Sessel nieder. Innerlich bebte er vor gespannter Erwartung.

Kurz darauf trat Mata ein. Ihre Miene war ausdruckslos, und sie bewegte sich mit zögerlichen Schritten auf ihn zu. Doch dann breitete sie die Arme aus und drückte ihn an ihre Brust – eine Geste, die so viel zu sagen schien.

Doch obwohl Stefan das herzliche Willkommen ein wenig beruhigte und er dem Verlangen nach menschlicher Nähe kaum widerstehen konnte, befreite er sich schnell wieder aus der Umarmung.

»Ich habe tausend Fragen an dich«, platzte es aus ihm heraus. Dann fiel ihm ein, dass es sicher besser war, zunächst die aktuellen Ereignisse anzusprechen und Mata damit zuvorzukommen. Also nahm er wieder in dem Sessel Platz und begann, von sich aus zu erzählen.

»Du weißt sicher, was heute alles passiert ist. Und egal, was du von mir erwartest: Ich kann nicht sagen, dass ich das, was ich getan habe, bedaure. Allerdings täte es mir leid, wenn ich dich enttäuscht haben sollte.«

Sie zuckte die Achseln und fixierte einen Punkt an der Wand hinter ihm. »Meiner Meinung nach hast du dich sehr unvernünftig und undankbar benommen.«

»Das ist aber –«, setzte er zu einer Erwiderung an.

»Kein Aber, Stefan!«, unterbrach sie ihn streng und sank schwerfällig in ihren Sessel. »Du hast die Tür deiner Kammer gewaltsam aufgebrochen und schwer beschädigt. Außerdem hast du dich Andi gegenüber ungeduldig und uneinsichtig gezeigt. Am schlimmsten ist jedoch dein Angriff auf den Mentor, dem du auf dem Gang begegnet bist. Er hat nie etwas anderes getan, als einem Menschen zu dienen und ihn zu unterrichten. Und du hast ihn ohne Grund zerstört.«

Betroffen schaute der Junge zu Boden. Er hatte vorgehabt, Mata seine Gefühle zu offenbaren, ihr sein Verlangen nach menschlicher Gesellschaft zu erklären und mehr über seine Zukunft zu erfahren. Den fremden Androiden hatte er ganz vergessen. Die Beschuldigung seiner Mutter wog schwer. Was sie gegen ihn vorbrachte, schien alle seine Absichten im Keim zu erstickten.

Er war so verzweifelt, dass er nur trotzig darauf reagieren konnte. »Ich habe das nur gemacht, weil ich so wütend war. Andi hat meine Fragen nicht beantwortet und mich einfach eingesperrt. Ich kam mir vor wie ein Gefangener.«

»Stefan, wir lieben dich doch alle«, entgegnete Mata beinahe vorwurfsvoll. »Verstehst du das denn nicht? Wir beweisen dir unsere Liebe, indem wir dir alles beibringen, was du über die Welt wissen musst. Wir bereiten dich auf das ›Kommende‹ vor, das dir noch früh genug offenbart werden wird. Dafür bitten wir dich lediglich um etwas Geduld, Einsicht und Respekt.« Sie lehnte sich zurück und schaute den Jungen erwartungsvoll an.

Der hatte jedoch gar nicht richtig zugehört. Sein Blick war auf die Füße seiner Mutter gefallen. Sie musste in der Eile vergessen haben, ihre Stiefeletten anzuziehen.

Aber das, was er unter ihrem flüchtig zurechtgerückten Rock sah, waren gar keine menschlichen Füße. Vielmehr liefen ihre Beine in cremeweiße, glänzende Kunststoffstreben aus.

Er blinzelte mehrmals, weil er dachte, seine Augen spielten ihm einen Streich. Doch er irrte sich nicht: Mata, die er schon sein ganzes Leben lang liebte und verehrte, war ein künstliches Wesen! Sie war nur ein weiterer Androide, wenn auch ein gekonnt menschlich gestalteter!

Stefan brauchte eine Weile, bevor er das Entsetzen über diese Entdeckung überwunden hatte. Als Andi plötzlich in der Tür stand, handelte er: Mit einem Aufschrei stieß er seinen früheren Mentor zur Seite und stürzte wie ein gehetztes Tier auf den Gang hinaus. Dort schaltete er seine Lampe an und rannte in das verzweigte Tunnelsystem hinein.

Erst als er sich sicher war, dass die Maschinen ihn nicht verfolgten, blieb er an einer Abzweigung stehen. Er lehnte den Kopf gegen die Wand, und in einem von lautem Stöhnen begleiteten Heulkrampf brachen die Enttäuschung und Verzweiflung aus ihm heraus.

Die Party auf der Dachterrasse des Apartmenthauses war bereits in vollem Gang. Der größte Teil der Eingeladenen hatte der Verlockung dieses lauen Sommerabends nicht widerstehen können. So drängten sich mehr als fünfzig Personen mit ihren Cocktail- und Champagnergläsern um die Bar und auf der Tanzfläche.

Die Musik war gut und die Stimmung ausgelassen. Vielleicht war sie sogar übertrieben fröhlich. Das mochte daran liegen, dass die Party an sich ein Statement darstellte. Diese Feier trotzte der aussichtslosen Lage, in der sie sich alle befanden.

Die Tage der Menschheit waren gezählt. Das Virus, das vor etwa einem Jahr aus irgendeinem Labor entwichen war, hatte sich auf der ganzen bewohnten Welt ausgebreitet. Es gab keinen Impfstoff und kein Heilmittel, und die Erkrankung verlief bei jedem Infizierten tödlich.

Wer sich noch nicht mit dem Erreger angesteckt hatte, musste damit rechnen, ein Opfer des Krieges zu werden. Denn natürlich gab jeder jedem die Schuld an dem »Killervirus«. Zunächst waren lokale Konflikte ausgebrochen, häufig unter dem Vorwand, die Verbreitung des Virus mit großflächigen Bombardements einzudämmen. Diese hatten schon bald einen Krieg zwischen den Großmächten und ihren Verbündeten entfacht. Monatelang war er mit konventionellen Waffen geführt worden. Erst gestern waren die ersten Atombomben gefallen, einige von ihnen nur wenige hundert Kilometer entfernt. Sie hatten die großen Städte im Westen von der Landkarte radiert.

Die Menschen, die sich auf der Dachterrasse amüsierten, wussten das alles. Doch sie wollten sich einen Abend lang keine Gedanken darüber machen, dass sie morgen schon tot sein konnten. Diese Männer und Frauen, davon auffallend viele jenseits der Fünfzig, hatten ihre Wahl getroffen: Sie zogen »Spaß und Freiheit« – das Motto der Party – und das Risiko, im Freien zu feiern, dem Dahinvegetieren in den Bunkern vor. Die Schutzräume, die man landauf landab errichtet hatte, waren ohnehin hoffnungslos überfüllt. Ihre kargen Kammern glichen Gruften – und vielleicht würden sie für ihre Bewohner genau das auch werden.

Unter den Feiernden befanden sich einige wenige, die noch etwas mehr verband als die lebensbejahende Haltung gegenüber einer sterbenden Welt. Während der letzten Wochen hatten sie, die grausame Wahrheit ständig vor Augen, gemeinsam an ihrem Vermächtnis gearbeitet. Der sichere Tod der menschlichen Rasse hatte sie zusammengeschweißt, vorangetrieben und immer wieder aufs Neue in ihren Bemühungen bestätigt.

Ihre Hoffnung war der Bunker – nicht einer unter den zehntausenden, die es auf der ganzen Welt geben mochte, sondern *der* Bunker, den sie »das Programm« nannten.

Einer von ihnen stand etwas abseits des größten Trubels, nippte an seinem mittlerweile dritten Cocktail und beobachtete gedankenverloren das bunte Treiben. Er war Psychologe und bis vorgestern Mitglied des nunmehr aufgelösten Planungsstabs gewesen.

Als sich ihm eine junge Frau näherte, die sich sichtlich bemühte, beim Laufen nichts von ihrem Drink zu verschütten, wandte er sich ihr lächelnd zu.

»Hallo Fremder!«, begrüßte sie ihn salopp. »Haben Sie etwas gegen ein bisschen Gesellschaft?«

»Ganz im Gegenteil«, antwortete er. »Mir war es an der Bar nur zu laut geworden.«

»Ich bin froh, dass Sie hier stehen, wo man nicht schreien muss, um sich zu unterhalten.« Sie nippte an ihrem

Manhattan und gestikulierte mit der freien Hand vor ihrem Gesicht herum. »Sie fragen sich bestimmt, was ich von Ihnen will. Aber zuerst muss ich mich bei Ihnen entschuldigen. Ich bin nämlich wegen eines Anliegens hier, über das Sie sicher nicht gern mit mir reden wollen.«

»Nun, versuchen Sie es doch einfach einmal«, ermunterte er sie.

»Danke. Vor allem möchte ich wissen, ob Sie auch zu denen gehören, die diesen Bunker gebaut haben.«

Damit gelang es ihr, ihn zu überraschen. Sie durfte von dem »Programm«, auf das sie offensichtlich Bezug nahm, eigentlich gar nichts wissen, da es der strengsten Geheimhaltung unterlag.

Seine erste Reaktion war deshalb auch, sich abzuwenden. Er lehnte sich mit beiden Unterarmen auf den Gitterzaun, der die Dachterrasse gegen den Sicherheitsstreifen vor der Brüstung abgrenzte, und blickte über die Dächer der Stadt hinweg in die Ferne.

Doch die junge Frau hatte ihn neugierig gemacht. Also nickte er bestätigend, um gleich darauf nachzuhaken: »Unter normalen Umständen hätte ich gerne gewusst, woher Sie diese Information haben. Aber das werden Sie mir wahrscheinlich nicht verraten, oder?«

»Es stimmt also«, sagte sie nur. Dabei nahmen ihre Augen einen besorgten, fast mitleidigen Ausdruck an, den der Psychologe nicht zu deuten wusste.

Sie beugte sich über die Absperrung, nahm die gleiche Stellung ein wie er und richtete den Blick ebenfalls auf den Horizont, wo von der Sonne noch ein letzter Lichtstreifen am Nachthimmel zu erkennen war. Die meisten Gebäude rundum lagen in tiefer Dunkelheit. Hier oben auf der Dachterrasse brannten die bunten Lampen nur dank eines Notstromaggregats ihres vermögenden Gastgebers.

»Was interessiert Sie denn so an ›diesem Bunker‹?«, wollte er wissen.

Sie schien zu überlegen, wie sie ihm ihre Beweggründe erklären sollte. Vielleicht wusste sie auch noch nicht, welche Frage sie ihm als nächstes stellen wollte.

So schwiegen sie beide eine Weile und nippten nur ab und zu an ihren Cocktails.

Schließlich musste sie zu einer Entscheidung gekommen sein, denn sie sagte: »Ich wurde letzte Woche um eine Eizellspende gebeten. Das war eine Bitte von der Art, die von ganz oben kommt und bei der man nicht Nein sagen kann, verstehen Sie? Ich habe mich natürlich gefragt: Eine Eispende in diesen Zeiten? Aber keiner konnte oder wollte mir sagen, was das soll. Erst heute Abend, da hinten an der Bar, hat ein Kollege von Ihnen von dem Bunker gesprochen. Da habe ich eins und eins zusammengezählt.«

»Sie sind eine kluge Frau«, stellte er anerkennend fest. »Aber ich kann nichts für Sie tun. Ich darf Ihnen nichts über meine Arbeit erzählen.«

Sie brachte aus irgendeiner Tasche Ihres Kleides ein Päckchen Zigaretten zum Vorschein und steckte sich eine davon zwischen die Lippen, ohne sie anzuzünden. »Mich interessiert Ihre ehrliche Meinung«, antwortete sie. »Wissen Sie, Ihr Kollege da drüben scheint sehr von diesem ›Programm‹ überzeugt zu sein. ›Ein Neuanfang für die Menschheit‹ und so. Er ist schwer betrunken.« Sie lachte nervös. »Er ist so schrecklich optimistisch, was dieses Projekt betrifft. Nun interessiert es mich, wie Sie darüber denken. Sie können doch nicht ernsthaft glauben, dass das wirklich funktioniert, oder?«

Mit ihrem Zweifel traf sie bei ihm einen wunden Punkt. »Sie wollen wissen, ob unsere Arbeit umsonst gewesen sein könnte?«, fragte er weitaus gereizter als gewollt. »Sie denken, dass wir uns nicht genug Mühe gegeben haben?« Er schüttelte den Kopf und schmiss in einem plötzlichen Wutanfall sein noch halbvolles Glas gegen die Brüstung.

Als die Frau neben ihm erschrocken zusammenfuhr, bereute er seine Impulsivität sofort und ärgerte sich über sich selbst. Die Anspannung der letzten Wochen hatte offenbar mehr an seinen Nerven gezehrt, als er sich eingestehen wollte. Insbesondere das letzte Projekt, das sein Team hochtrabend »Emotionale Intelligenz« getauft hatte, war extrem aufreibend gewesen. Es hatte darin bestanden, einer KI, einer künstlichen Intelligenz, beizubringen, menschliche Emotionen, also auch Stimmungen und Affekte, anhand akustischer und visueller Informationen korrekt zu interpretieren. Die KI und ihre Drohnen sollten auf Emotionen nicht nur angemessen, sondern, falls notwendig, ihrerseits mit simulierten Gefühlsäußerungen reagieren können.

Sein Team hatte trotz des hohen Zeitdrucks eine großartige Arbeit geleistet, fand er. Aber für Tests war nur wenig Zeit geblieben. Darum betrachtete er das Projekt mit Skepsis. Sollte es tatsächlich gelungen sein, einer hochentwickelten Maschine Kompetenzen in Sachen »Menschlichkeit« zu vermitteln?

»Entschuldigen Sie meine Aufdringlichkeit. Ich sollte jetzt lieber gehen«, sagte die junge Frau leise. Sie bewegte sich jedoch nicht von der Stelle. Stattdessen zündete sie sich die Zigarette an, die bisher bei jedem Wort zwischen ihren Lippen auf- und abgewippt hatte.

»Nein, ich muss mich bei Ihnen entschuldigen. Um ehrlich zu sein: Ich habe mir diese Fragen in den letzten Tagen selbst oft genug gestellt«, räumte er ein.

»Sie meinen: Was ist, wenn's schiefgeht? Ist es dann aus mit uns? Diese Art von Fragen? Das klingt nicht so, als würden Sie den Optimismus Ihres Kollegen teilen.«

»Doch, das tue ich«, erwiderte er.

Als er in sich ging, um diese spontane Aussage mit seinen Überzeugungen abzugleichen, stellte er fest, dass er bei einzelnen Details zwar skeptisch war, im Grunde aber fest an das Gelingen des Programms glaubte.

Er richtete sich auf und sah ihr in die Augen. »Sie wollen Gewissheit? Tut mir leid, die gibt es nicht. Ich habe trotzdem Hoffnung! *Unsere* Uhren sind vielleicht abgelaufen. Doch wir sind nicht die letzten Menschen auf diesem Planeten. Wir haben für das Programm einen guten Standort gewählt, weit ab von jeder Bedrohung. Und das, was wir da gebaut haben, ist das Beste, was die Menschheit je geschaffen hat.«

Sein ausgestreckter Arm wies auf einen unbestimmten Punkt westlich der Stadt. »Das erfüllt mich mit Hoffnung!«, fuhr er mit fester Stimme fort. »Eines Tages, wenn die Strahlung in der Atmosphäre abgeklungen ist, werden unsere Nachkommen auf diese Welt hinaustreten und sie neu besiedeln. Sie werden das Wissen und die Fertigkeiten unserer Besten mit auf ihren Weg bekommen. Und ja, sie werden auch die Fehler und die Versäumnisse ihrer Vorfahren kennen, um es hoffentlich besser zu machen als wir. Daran glaube ich, und das sollten Sie auch.«

Die junge Frau spürte, dass er aus echter Überzeugung sprach. »Danke«, sagte sie und umfasste mit der Linken seinen rechten Oberarm, um ihn zu drücken.

Er bemerkte die Menschen, die in ihrer Nähe standen und vermutlich einen Teil des Gesprächs gehört hatten. Für einen Augenblick sah er sich selbst durch ihre Augen: wie er dastand und eine Ansprache über Vertrauen, Glauben und Hoffnung hielt. Ihren Gesichtern war nicht viel zu entnehmen, aber er hätte sich nicht gewundert, wenn sie ihn für einen Spinner hielten.

Er senkte die Stimme zu einem Flüstern, so dass nur die junge Frau ihn verstehen konnte. »Sie werden sicher sein. Glauben Sie mir.«

Als sie gegangen war, strich dem Psychologen ein trockener Westwind über das Gesicht, der die Blätter der Ziersträucher zum Rascheln brachte. Daraufhin wandte er den Blick wieder zum Horizont. Er dachte an seine Eltern und seine Schwester, die in der Schweiz lebten. Er rief sich die Gesichter einiger Arbeitskollegen ins Gedächtnis. Er dachte an seine Frau, mit der er fast zwanzig Jahre zusammengelebt hatte und die vor sechs Monaten an den Folgen der Infektion mit dem Virus gestorben war.

Dann schlenderte er hinüber zur Bar, bestellte sich noch einen Cocktail und hörte auf nachzudenken.

12

Nach den Ereignissen der vergangenen Wachphase hatte Stefan nur noch ein Ziel vor Augen: Er wollte raus!

Er war davon überzeugt, dass es irgendwo einen Ausgang in die andere Welt gab. Also durchstreifte er die verwinkelten Gänge erneut. Von Zeit zu Zeit tastete er dabei nach den Pillen in seiner Tasche. Es beruhigte ihn jedes Mal, sie in großen Mengen zwischen den Fingern zu fühlen.

Stefan war noch nicht lange auf der Suche, da entdeckte er in dem weitläufigen Tunnelsystem einen Gang, der ihm sofort auffiel. Er war nicht nur schmaler als die anderen, sondern als einziger über zwei Stufen erreichbar und von keinem Graben durchzogen.

Der Junge stutzte. Konnte es sein, dass er diese Abzweigung bei seiner ersten Suche übersehen hatte?

Auf jeden Fall versprach die ungewöhnliche Form der Einmündung, dass sich an ihrem Ende eventuell etwas anderes befand als ein weiterer Gang und eine Fortsetzung der monotonen Tunnel.

In dem Augenblick, als er den Gang betrat, vernahm er in seinem Rücken ein leises Geräusch: Hinter ihm senkte sich eine massive Wand von oben herab und schnitt ihm den Rückweg ab.

Zunächst war Stefan eher erstaunt als beunruhigt. Bisher hatte er dieses Labyrinth als ebenso starr wie unangreifbar erlebt. Und nun das. Er vermutete, dass es sich um einen einfachen Mechanismus handelte, den er durch sein Eintreten ausgelöst hatte. Dann befiel ihn eine plötzliche Panik. Immerhin war es auch denkbar, dass er in diesem rechteckigen Tunnel in der Falle saß.

Doch im Schein seiner Lampe war kein weiteres Hindernis auszumachen. Also ging er entschlossen weiter.

Kaum dass er zwanzig, dreißig Schritte gemacht hatte, senkte sich hinter ihm erneut ein Schott. Dieses Mal hörte er weiter vorne ein ähnliches schabendes Geräusch.

Ein erleichtertes Lächeln zuckte um seine Mundwinkel, als er den Mechanismus durchschaute: Wahrscheinlich stellte diese Reihe sich öffnender und schließender Schotts ein Schleusensystem dar, das ihn über kurz oder lang hinausbefördern sollte.

Blieb die Frage, wohin.

Stefan jubelte innerlich, als sich der Gang hinter dem nächsten Schott zu einem hell erleuchteten Raum verbreiterte und er die Gestalt erkannte, die sich darin bewegte.

Das Mädchen erschrak heftig, als es ihn bemerkte. Hinzu kam noch, dass hinter Stefan ein weiteres Schott hinabglitt. Dadurch waren sie nun zusammen in dem Raum eingeschlossen.

Eine kurze Zeit lang blieben sie beide reglos, mit dem größtmöglichen Abstand zueinander stehen und starrten sich gegenseitig von oben bis unten an. Stefan wagte es kaum, Luft zu holen.

Doch er besann sich und atmete ein paarmal tief durch, um sich zu beruhigen. Das gelang ihm allerdings nur bedingt, denn sein Herz schlug in Anwesenheit des Mädchens unwillkürlich schneller. Er verspürte das Verlangen, sich der Fremden zu nähern, wagte es aber nicht. Dafür konnte er beobachten, wie die Anspannung aus ihrem Körper wich und die steile Falte, die sich zwischen ihren Augen gebildet hatte, wieder verschwand.

»Ich glaube, wir brauchen voreinander keine Angst zu haben«, sagte sie. »Du bist ein Mensch wie ich. Kommst du aus der Welt, die Mata das ›Kommende‹ nennt? Oder suchst auch du einen Weg dorthin?«

Ihre Worte beunruhigten ihn, da er auf Fragen stieß statt auf Antworten. Dennoch versuchte er zu lächeln.

»Ich bin auf dem gleichen Weg wie du: raus hier. Ich wollte nicht mehr länger warten, darum bin ich aus meiner Kammer geflohen.«

»Geflohen! Alle Achtung! Also suchst du auch nach dem ›Kommenden‹?«

Er nickte. »Ich frage mich allerdings, ob meine Suche in diesem Raum nicht schon wieder zu Ende ist.«

Sie schien diese Bemerkung nicht kommentieren zu wollen, musterte ihn nur nachdenklich aus ihren dunkelbraunen Augen.

»Mein Name ist übrigens Stefan.«

Nun lächelte die Fremde ebenfalls. Sie löste sich von der Wand, ging einige Schritte auf ihn zu und sagte: »Ich heiße Riane.« Dabei streckte sie ihm, wie er es auf Lehrmaterialien manchmal beobachtet hatte, die offene Hand entgegen.

Als er sie ergriff, fühlte sie sich weich und warm an.

Er behielt Rianes Hand in der seinen, während er neben sie trat. Gemeinsam nahmen sie den Raum näher in Augenschein. Leider konnten sie keine weitere Schleusentür entdecken.

»Ich bin nicht geflohen wie du«, erklärte sie. »Meine Mentorin brachte mich hierher, kurz nach unserer Begegnung vor dem Übungsraum. Ich denke, sie war meine vielen Fragen leid. Sie sagte, ich solle hier warten und ließ mich allein. Ich war eine ganze Zeit lang eingesperrt, bevor du gekommen bist.«

Sie musste hungrig sein, dachte Stefan. Er ließ ihre schmalen Finger los, holte ein paar Pillen aus der Hosentasche und reichte sie ihr. Rianes Freude und dass sie sofort zu essen begann, bestätigten ihn in seiner Vermutung.

»Glaubst du, dass man uns hier wieder 'rauslässt?«, fragte sie.

»Ich weiß nicht. Es scheint auf jeden Fall so, dass man uns in dieser Kammer zusammenbringen wollte. Jetzt bleibt uns nichts anderes übrig, als abzuwarten.«

Im Stillen fragte er sich, was wohl weiter mit ihnen geschehen würde. Wenn Riane, die sich keines Vergehens schuldig gemacht hatte, von ihrem Androiden hergebracht worden war, dann doch sicher nicht, um sie hier gemeinsam einzusperren. Hieß das nicht, dass man sie gehen lassen würde? Und wenn er damit recht hatte: Waren sie schon bereit für das »Kommende«?

Er wollte seine Gedanken gerade mit ihr teilen, da öffnete sich in der Wand, die dem letzten Schleusentor gegenüberlag, ein Spalt.

Sie griffen sich wieder bei den Händen und beobachteten gespannt, wie die Öffnung langsam breiter wurde, bis sich ein schmaler Durchgang aufgetan hatte, durch den eine einzelne Person bequem hindurchpasste.

Hinter dem Tor befand sich ein grüner Vorhang, der ihnen die Sicht versperrte. Als sie näher herantraten, erkannten sie hunderte von Blättern, die zu einem wild wuchernden Buschwerk gehörten. Es sah frisch und lebendig aus.

Stefans Hände begannen zu zittern. »Komm«, forderte er das Mädchen auf. »Ich glaube, das da draußen ist die andere Welt, nach der ich gesucht habe.«

Entschlossen traten sie auf die Öffnung zu.

»Wir müssen nur noch da durchkommen«, sagte Riane, als sie vor dem Buschwerk standen. Plötzlich lachte sie über das ganze Gesicht.

Während sie die Zweige beiseiteschoben, musste der Junge gegen ein Zittern ankämpfen, das seinen ganzen Körper erfasst hatte. Es gelang ihm nur mit Mühe. Das Zittern wollte einfach nicht mehr aufhören.

Draußen fanden sie sich auf einem Stück Waldboden wieder. Sie standen in einer Senke, die mit Sträuchern und Bäumen bedeckt war. Weiter oben umgab sie ein Ring aus in vollem Grün stehenden Laub- und Nadelhölzern.

Die Luft war warm und voller Gerüche, die Stefan nicht einzuordnen vermochte. Es herrschte eine unheimliche Stille.

»Sieh dir das an!«, rief Riane. Sie machte ein paar Schritte auf den nächsten Baum zu, berührte mit ihren Fingern hier das hohe Gras, dort eine Borke und konnte gar nicht wieder aufhören zu lachen. »Ich glaube, wir haben es geschafft. Hier sieht es aus wie in einem echten Wald. Kuck mal, das ist eine Eiche. Und das da müssen Buchen sein.«

»Das ist alles echt. Das ist wirklich die andere Welt«, antwortete der Junge.

Er hob ein feuchtes, pelziges Blatt vom Boden auf und schloss die Finger darum. Das Zittern ließ endlich nach.

Als er in seinem Rücken ein Geräusch hörte, drehte er sich um. Er sah gerade noch, wie sich der Durchgang hinter den Zweigen wieder schloss.

Waren sie zur richtigen Zeit hinausgegangen?, fragte er sich. Waren sie bereit für das, was sie in dieser Welt erwartete? Er wusste es nicht.

Aber das beunruhigte ihn nicht länger. Alles würde sich zeigen.

Eine Weile noch stand er reglos da. Nur seine Augen waren auf Wanderschaft. Sie blieben bei den Sonnenstrahlen hängen, die gerade durch das Blätterdach der Bäume brachen.

Langsam breitete sich das Glück in Stefan aus. Die Ruhe und der Frieden dieser fast paradiesischen Umgebung übertrugen sich auf seine Seele.

Lächelnd folgte er der schlanken Gestalt des Mädchens, das seiner Freude ausgelassen Luft machte und mit großen Sprüngen den Hang hinaufeilte.

ERSTKONTAKT

Man hatte ihn gebeten, auf die Veröffentlichung des Artikels zu verzichten.

Es waren zwei Beamte in Zivil gewesen, die eines Abends an Richard Loewes Tür geklingelt hatten. Er war nach einem langen Arbeitstag in der *StandPunkte*-Redaktion zu schlecht gelaunt gewesen, um sie hereinzubitten. Sie hatten also draußen im Treppenhaus gestanden und mit Engelszungen auf ihn eingeredet. Aber er war stur geblieben.

Am nächsten Tag hatten ihn zwei weitere Beamte aufgesucht. Dieselbe Zeit, derselbe Ort, nur diesmal Mitarbeiter des Bundesamtes für Verfassungsschutz. Er war beeindruckt gewesen, welche Mühe man sich wegen seines Artikels machte, hatte sie aber ebenfalls abgewiesen.

Als er tags darauf zu seinem Chef gegangen war, hatte dieser bereits mehrere Anrufe diverser Amtsträger erhalten. Doch auch er hatte sich nicht dazu überreden lassen, den Artikel zu stoppen.

Niemand hatte ihnen gedroht. Es gab offenbar keine rechtliche Grundlage für ein Veröffentlichungsverbot. Der ganze Aufwand, den man sich mit ihnen machte, schien politisch motiviert zu sein.

Ein druckfrisches Exemplar der aktuellen *StandPunkte*-Ausgabe lag nun vor Loewe auf dem Schreibtisch. Natürlich hätte er seinen Text auch online lesen können. Doch er zog die Printausgabe vor, die es immerhin noch auf rund 1000 Abonnenten brachte. Er liebte es einfach, bedrucktes Papier in Händen zu halten.

Er blätterte das Magazin flüchtig durch und lehnte sich zufrieden zurück, als er das Aufmacherbild für den Artikel fand, der Teile der Regierung so zu beunruhigen schien:

Ein älterer Mann mit einem von Wind und Wetter zerfurchten Gesicht, der auf der Zufahrt zu seinem Hof stand. Das Foto seines Kollegen Grass war auf den Landwirt fokussiert. Die Wohn- und Wirtschaftsgebäude, die alte Kastanie dahinter und die Maisfelder ringsum hatte er bewusst unscharf gelassen.

»Das Wunder von Augsburg« prangte in Großbuchstaben auf dem Bild. Darunter, etwas kleiner: »Besucher aus dem All? Die Regierung hüllt sich in Schweigen. Autor: Richard Loewe. Fotos: Ulli Grass.

Frühmorgens ist es ganz still in Bergheim, einer kleinen Gemeinde im Süden Augsburgs«, las er. »Noch bevor der Berufsverkehr einsetzt, macht sich der Landwirt Alois M. in der Regel auf seinen täglichen Rundgang um den Hof. Es ist selten, dass der Sechzigjährige dabei etwas entdeckt, das am Vortag noch nicht dagewesen war.

Doch am vergangenen Dienstag stieß er hinter seiner Scheune auf ein riesiges, bohnenförmiges Gebilde, das M. zufolge aussah ›wie eines dieser Raumschiffe aus den alten *Star Wars*-Filmen‹. Es musste über Nacht unbemerkt auf dem schmalen Weg gelandet sein, der aus den Maisfeldern heraus zum Hauptgebäude führt.

Nach seiner Entdeckung alarmierte Alois M. umgehend die Polizei. Die Dienststelle in Augsburg sandte die Beamten Eva H. und Franz G. in einem Streifenwagen aus, um M.s Geschichte zu überprüfen. Die Polizisten erreichten den Hof etwa eine Stunde nach dem Anruf. Über Funk bestätigten H. und G. die Angaben des Landwirts und konnten sie durch eine detaillierte Beschreibung des vermeintlichen ›Raumschiffs‹ ergänzen.

Daraufhin informierte der Diensthabende seinen Vorgesetzten, der den ungewöhnlichen Fund wiederum an das Bayerische Staatsministerium des Innern meldete.

Inzwischen hatte sich Alois M. erneut aus dem Haus gewagt. Im Schutz seiner Scheune beobachtete er, wie die beiden Polizeibeamten mehrmals das riesige Gebilde umrundeten und, da sie nichts Ungewöhnliches entdecken konnten, wieder zurück zu ihrem Wagen gingen.

Wie M. der *StandPunkte*-Redaktion berichtete, hatte keiner der Polizisten die beiden Außerirdischen bemerkt, die in der Nähe ihres ›Schiffs‹ standen. Sie mussten es verlassen haben, während er im Haus gewesen war ...«

Loewe schmunzelte. Er erinnerte sich noch gut an sein Gespräch mit Alois Mader. Natürlich hatte der Redakteur sich sofort die Frage gestellt, wie die Streife die Aliens nur übersehen haben konnte. Er war jedoch nie dazu gekommen, sie dem Landwirt zu stellen, der wie ein Wasserfall in sein Diktafon geredet hatte.

Beim Schreiben des Artikels hatte Loewe kurz daran gedacht, dieses Detail nicht zu erwähnen. Schließlich konnte es ja auch sein, dass der alte Mann sich nur wichtigmachen wollte, als er behauptete, die Aliens gesehen zu haben. Jetzt fand Loewe es richtig, die Passage nicht gestrichen zu haben. Sollten die Leser selbst entscheiden, für wie glaubwürdig sie die Behauptung Maders hielten!

»Der Landwirt selbst hätte so eine Angst gehabt, dass er sich nicht traute, die Polizei auf die Außerirdischen aufmerksam zu machen«, las er weiter. »Er ging stattdessen zurück ins Haus, wo er sich vorsichtshalber mehrere Stunden lang einschloss.

Als gegen Mittag ein schwer bewaffnetes Spezialeinsatzkommando aus München den Hof erreichte, fand es die beiden Beamten ohnmächtig neben ihrem Dienstwagen vor. Alois M., der einzige Zeuge vor Ort, konnte sich jedoch keinen Reim darauf machen, was ihnen zugestoßen sein mochte.

Das SEK fand auf dem Hof keine Außerirdischen vor. Somit ist er der Einzige, der die Besucher aus dem All gesehen haben will.

Die beiden ohnmächtigen Beamten wurden umgehend ins Klinikum Augsburg gebracht. Der behandelnde Arzt konnte auf Nachfrage nur so viel sagen, dass der Zustand seiner Patienten stabil sei, sie aber noch nicht wieder bei Bewusstsein wären.

Gut unterrichtete Kreise aus dem bayerischen Innenministerium gaben an, dass es auch unter den SEK-Beamten zu Ohnmachtsanfällen kam. Die Polizeikräfte hätten sich deshalb gezwungen gesehen, M.s Hof großräumig abzusperren.«

... und den Redakteur und Fotografen zu verscheuchen, erinnerte sich Loewe. Das Aufmacherbild hatten sie zum Glück schon vorher gemacht. Leider war es ihnen nach dem Eintreffen des SEK nicht mehr möglich gewesen, auch das vermeintliche Raumschiff zu fotografieren.

»Im Ministerium soll mittlerweile erwogen werden, das ›UFO‹, wie man es dort angeblich nennt, zu zerstören. Als Begründung für diesen Schritt wurde der *StandPunkte*-Redaktion mitgeteilt, dass man die Angriffe auf Vollstreckungsbeamte nicht ungestraft hinnehmen könne.

Seit einigen Tagen verweigert jede Dienststelle die Auskunft über den Vorfall in Bergheim. Die Presse wurde zunächst noch auf das Bundesministerium der Verteidigung verwiesen, das jetzt zuständig sei. Doch auch dort hüllt man sich in Schweigen und vertröstet die Journalisten auf eine Pressekonferenz, die am 30. September, also am Donnerstag in zwei Wochen stattfinden soll.

Bis dahin darf man gespannt sein, was aus dem ›UFO‹ werden wird. Vorausgesetzt, es handelt sich bei dem Gebilde tatsächlich um ein bemanntes interstellares Raum-

schiff, bleibt zu hoffen, dass der erste Kontakt mit den außerirdischen Besuchern friedlich verlaufen wird.«

*

Der Redakteur seufzte und legte das Heft zur Seite. Die
Pressekonferenz war kurzfristig abgesagt worden, das Thema mittlerweile ohnehin aus den Schlagzeilen.

Als Loewe kurz vor der Veröffentlichung seines Artikels
noch einmal mit dem alten Mader in Kontakt getreten war,
hatte dieser nichts mehr von seinen früheren Aussagen wissen wollen und alles widerrufen, was der Redakteur ihm
zuvor entlockt hatte. Zum Glück war Loewe so klug gewesen, das Interview auf dem Redaktionsserver zu speichern.

Er schüttelte den Kopf, wandte sich dem Laptop auf seinem Schreibtisch zu und öffnete sein E-Mail-Programm.
Unter den neuen Nachrichten, die er nicht sofort löschte,
sprang ihm eine ins Auge, die gestern Abend abgeschickt
worden war. Sie stammte von Christel Reiter, einer Informatikerin und alten Studienfreundin.

Was seine Aufmerksamkeit erregte, hatte jedoch nichts
mit dem Absender der Mail zu tun, sondern vielmehr mit
ihrer Betreffzeile: »Dein UFO-Artikel«.

»Lieber Richard«, schrieb Reiter, »entschuldige bitte,
dass ich mich so lange nicht bei dir gemeldet habe. Ich
war in letzter Zeit ziemlich beschäftigt. Dazu kommt, dass
mir jeder Kontakt nach außen ›von höchster Stelle‹ unter-
sagt war. Aber dazu gleich mehr.

Gestern Abend fand ich in meiner Post die letzte Aus-
gabe der *StandPunkte* und las deinen Artikel, der sich mit
dem SEK-Einsatz in Augsburg beschäftigt. Es hat zwar eine
ganze Weile gedauert, aber dann habe ich begriffen, dass
ich vielleicht den Schlüssel zu dem ›Wunder von Augsburg‹
besitze. Wenn ich mich nicht irre, hat sich meine Arbeit

der vergangenen Tage – freilich ohne mein Wissen – um eben diesen Vorfall gedreht.

Vorab: Ich musste eine Erklärung unterschreiben, die mich zur Geheimhaltung verpflichtet. Darum möchte ich dich bitten, mich, deine Quelle, nach Möglichkeit zu schützen. Nach reiflicher Überlegung bin ich jedoch zu dem Schluss gekommen, dass die Ergebnisse der Untersuchungen, an denen ich beteiligt war, an die Öffentlichkeit gebracht werden müssen. Für mich ist das eine Gewissensentscheidung. Ich werde sie ganz sicher nicht bereuen. Allerdings sehe ich den Konsequenzen, die sich für meine berufliche Laufbahn ergeben könnten, mit Sorge entgegen.

Es war mir vergönnt, die Aufzeichnungen der ersten extraterrestrischen Besucher unseres Planeten zu entschlüsseln. Dieser Mail sind vier der Übersetzungen beigefügt, die mein Team im Auftrag des Verteidigungsministeriums erstellt hat. Sie sind lückenhaft, und man kann sie als Interpretationen bezeichnen. Aber sie sind ein greifbarer Beweis für die Geschichte, die der alte Mann in Bergheim dir erzählt hat. Dies ist umso wichtiger, weil das Raumschiff nicht mehr da ist. Ich befürchte, es wurde zerstört und seine Insassen mit ihm. Wie auch immer: Diese Aufzeichnungen legen Zeugnis davon ab, dass das Schiff wirklich existiert hat.

Aber jetzt habe ich dich lange genug auf die Folter gespannt. Bitte melde dich, wenn du die Übersetzungen gelesen hast. Ich bin gespannt, was du von ihnen hältst. Mich stimmen sie auf jeden Fall nachdenklich. Denn es scheint so, als bedürfe das Bild, das wir uns von unserer Welt gemacht haben, einer grundlegenden Korrektur.

Bis bald, Deine Christel.«

*

Loewe hatte es kaum geschafft, Reiters Nachricht ganz bis zu Ende zu lesen, so neugierig war er. Nun rief er ungeduldig den ersten Anhang auf.

»116 - 152 / Übersetzung: Bartow, Knaack« stand in der Kopfzeile des Dokuments.

»Die Annäherung an (unverständlich) erfolgte wie geplant am (Zeitangabe unverständlich). Wir aktivierten den Schutz (?), und das Schiff begab sich in (unverständlich). Anschließend schickten wir Sonden sowohl in die (Gas?) als auch auf die Oberfläche. Die Resultate erwiesen sich – mit einer gewichtigen Ausnahme – als durchweg positiv.

(Anmerkung der Übersetzer: Die folgende Passage enthält eine Aufzählung von Daten, welche die Sonden gesammelt haben. Diese Liste ist in einer Fachsprache abgefasst, deren Sinn wir nur ansatzweise enträtseln konnten. Wir sind uns jedoch sicher, an mehreren Stellen ein Adjektiv entschlüsselt zu haben, das wir in anderen Abschnitten der Aufzeichnung mit ›ungenießbar‹ oder ›giftig‹ übersetzen konnten. Dabei handelt es sich offenbar um die oben erwähnte Ausnahme, die sehr wahrscheinlich die Zusammensetzung eines Gasgemischs meint.)

Die Daten machen deutlich, dass es sich bei den Lebensformen, die diese Welt bis auf wenige klimatische Extremgebiete dicht besiedeln, überwiegend um Wahre (Große?) handelt. Sie sind uns sehr ähnlich, verfügen aber zur Aufnahme von (Gas?) über eine dichte (unverständlich).

Obwohl sie allen anderen Lebensformen hinsichtlich ihrer Anzahl weit überlegen sind, nehmen die Wahren (?) dem Ungeziefer (Allesfresser?) gegenüber eine untergeordnete Position ein. Wir finden hier also gerade die umgekehrten Verhältnisse vor, wie wir sie von unserer eigenen Welt kennen. Außerdem ist es uns ein Rätsel, warum die Wahren ein (Gas?) produzieren, dass das Ungeziefer in seiner weiteren Ausbreitung begünstigt. Sie tragen also selbst zu der (unverständlich) bei.

Voraussichtlich werden wir noch (Zeitangabe unverständlich) mit weiteren Untersuchungen und deren Auswertung beschäftigt sein.«

*

Der Redakteur öffnete umgehend das nächste Dokument

»257 - 302 / Übersetzung: Reiter, Knaack. Nachdem die Untersuchungen abgeschlossen waren, verließen wir die (unverständlich) und brachten das Schiff in eine ungefährliche Gegend (Hafen?).

Wir erteilten Alpha und Beta (Anm. d. Übers.: Namen nicht übertragbar) den Auftrag, ihre Räume zu verlassen und, mit einem (unverständlich) ausgestattet, Kontakt mit dem nächstbesten Wahren (?) aufzunehmen.

Unsere Vorsichtsmaßnahmen erwiesen sich als unnötig, denn das Ungeziefer (?) ließ sich in der Finsternis nicht blicken. Es gelang den beiden tatsächlich, mit einem Vertreter der einheimischen Wahren (?) zu kommunizieren, den sie in der Nähe antrafen. Er war sehr freundlich und beantwortete geduldig alle ihre Fragen. Die problemlose Kontaktaufnahme mit ihm übertraf alle unsere Erwartungen. Er ist uns wirklich überraschend ähnlich.

Wir verließen das Schiff (bei Tagesanbruch?) noch einmal, und trafen draußen erneut auf den Wahren, den (die Kollegen?) bereits kennengelernt hatten. Das (Gespräch?) mit ihm vermittelte uns einen lebhaften Eindruck von seiner Situation in dieser Welt. Hier befällt das Ungeziefer (?) die Wahren in rücksichtsloser Weise. Es besitzt keinerlei Achtung vor den Bedürfnissen anderer Arten (?) und steht mit diesen in einem ständigen Wettstreit – wie übrigens auch mit Angehörigen ihrer eigenen Spezies.

Nach einiger Zeit wurde uns die Anwesenheit eines Allesfressers (?) bewusst. Sein Empfinden uns gegenüber war eindeutig von Neugierde dominiert. Darin mischten sich allerdings auch eine große Angst (?) und tiefe Abscheu (?). Als kurz darauf andere (Verb unverständlich) und (Verb unverständlich), haben wir mit ihnen (kommuniziert?).

Nun warten wir auf eine Reaktion.

(Anm. d. Übers.: Die Aufzeichnungen schließen mit einer kurzen Beschreibungen bisher ungeklärter Tätigkeiten, die wir leider nicht übersetzen konnten.)«

*

Loewe schloss die Datei und hielt einen Moment inne.

Es war unglaublich, was Reiter ihm da hatte zukommen lassen. Er fühlte sich geschmeichelt, dass seine Freundin ihm dieses brisante Material anvertraute.

So viel Mut hätte er der Informatikerin gar nicht zugetraut, gestand der Redakteur sich ein. Er hatte Christel Reiter als eine Frau kennengelernt, die sehr geradlinig durchs Leben ging, ohne irgendwo anzuecken. Schon als Studentin war sie brillant gewesen und hatte das Interesse ihrer Professoren geweckt, so dass ihr deren wohlwollende Förderung sicher gewesen war. Als frisch gebackene Doktorin hatte sie angefangen, sich auf die Erkennung von Codes und Sprachmustern zu stürzen, was ihre akademische Karriere weiter vorangetrieben und ihr internationale Aufmerksamkeit sowie einen Lehrstuhl an der Universität Augsburg eingebracht hatte.

Ihr Forschungsschwerpunkt hatte der Hochschule viele Fördermittel beschert. Kein Wunder, dachte Loewe. Neben ihren militärischen Anwendungen hatte Reiters Arbeit die Übersetzungsprogramme und die Sprachsteuerung revolutioniert. Das war sicher auch der Grund dafür gewesen, dass man ihr die Aufzeichnungen der Aliens zur Übersetzung anvertraut hatte.

Bei diesem Gedanken wandte sich der Redakteur wieder der E-Mail zu und wies das Programm an, den dritten Anhang zu öffnen.

Diesem Text hatte seine Freundin eine kritische Bemerkung vorangestellt: »Die folgenden Übersetzungen wurden ursprünglich vom Kollegen Bartow und mir erstellt. Sie gingen jedoch anschließend an einen uns unbekannten Mann, der sie eigenmächtig überarbeitet hat. Für seine Interpretationen und Vereinfachungen übernehmen wir keine Verantwortung.«

Tatsächlich trug die Übersetzung der Abschnitte 308 bis 343 schon auf den ersten Blick eine andere Handschrift, wie Loewe schnell erkannte. Sie beinhaltete weitaus weniger Fragezeichen als die beiden Texte zuvor. Der Redakteur vermutete, dass die Aufgabe des »Unbekannten« vor allem darin bestanden hatte, sie einfacher lesbar zu machen.

»Wir haben uns durch eigene Schuld in eine sehr unglückliche Lage gebracht: Die Artgenossen des Ungeziefers, mit dem wir kommunizierten (?), belagern unser Schiff. Es sind sehr viele, und die Atmosphäre ist aggressiv.

Gezwungenermaßen richtete sich unsere Aufmerksamkeit auf ihre Intelligenz, die es ihnen offenbar ermöglicht hat, sich auf dieser Welt zur dominanten Art aufzuschwingen, darunter auch über alle Wahren.

Sie bedienen sich der Technik so selbstverständlich wie wir. Das ist der Umstand, der uns zum Umdenken veranlasst hat. Wir sehen jetzt ein, dass wir die Lage voreilig eingeschätzt haben. In der Entwicklungsgeschichte dieser Welt scheinen sich die Machtverhältnisse zwischen den Spezies genau umgekehrt entwickelt zu haben wie auf unserer Heimatwelt. Das liegt daran, dass es hier zu einer – in unseren Augen kaum fassbaren – ›verdrehten‹ Ausstattung der Spezies mit Intelligenz gekommen sein muss.

Das Ungeziefer hat nicht auf unseren Angriff reagiert. Einige meiner Kollegen haben deshalb den Vorschlag geäußert, einzugreifen und die natürliche Ordnung mit den uns zur Verfügung stehenden Mitteln wieder herzustellen. Unser Labor (?) bietet uns die Möglichkeit, ... (Fachsprache, unübersetzbar). Die Stoffe (Viren?), die wir herstellen können, wären in der Lage, die (unverständlich) des Ungeziefers anzugreifen.

Andere Kollegen sind dagegen der Ansicht, dass wir uns nicht einmischen sollen, selbst wenn das heißen mag, dass eine uns verwandte Spezies auf dieser Welt weiterhin leidet.

Die Diskussion darüber, wie wir vorgehen wollen, ist noch im Gang.«

*

Der letzte Anhang war nur sehr kurz. Unter der Kopfzeile »349 - 365 / Übersetzung: Bartow, Reiter« las er: »Die Entscheidung ist gefallen, und die Arbeit im Labor macht schnelle Fortschritte. Inzwischen ist ein Gelingen nicht nur für das Schicksal der Wahren dieser Welt, sondern auch für unser eigenes Überleben zu einer Notwendigkeit geworden. Denn das Ungeziefer hat die Hülle unseres Schiffs durchdrungen. Zwei Kollegen wurden dabei (befallen?) und verletzt.

Zwei andere Kollegen haben (Zeitangabe?) versucht, den Wahren, der sich immer noch draußen in der Nähe des Schiffs aufhält, vor einem Angriff durch das Ungeziefer zu schützen. Warum man ihn attackiert hat, ist uns unverständlich. Man könnte meinen, er hätte denen, die unsere Schiffshülle durchdringen wollten, einfach nur im Weg gestanden.

Bei diesem Zwischenfall haben die Kollegen einige (Arten?) abwehren (betäuben?) müssen. Daraufhin wurden sie mit Flammenwerfern angegriffen und zurück ins Schiff getrieben.

Es scheint so, als wäre mit dem Ungeziefer dieser Welt trotz ihrer hohen Intelligenz keine Verständigung möglich.

In diesem Augenblick sendet einer meiner Kollegen eine Nachricht an unsere Heimatwelt, um unser weiteres Vorgehen von höchster Stelle genehmigen zu lassen. Es ist nicht zu erwarten, dass ...

(Anm. d. Übers.: Hier enden die Aufzeichnungen.)«

*

Eva Heindl lag in einem abgedunkelten Krankenzimmer und träumte.

Ihr Körper war über dünne Kabel und Schläuche mit den Geräten links und rechts ihres Betts verbunden. Rund um den Kopf der Polizistin waren kleine Elektroden befestigt. Diese zeichneten jede Gehirnaktivität auf. Doch seitdem sie eingeliefert worden war, hatte sich ihr Zustand nicht verändert.

Sie hatte Sporen eingeatmet, die die Fremden auf ihrem Körper trugen und mit denen sie in Symbiose lebten. Dadurch waren Spuren eines unbekannten Pflanzengifts in ihren Blutkreislauf gelangt.

Es war den Ärzten bisher nicht gelungen, das Gift eindeutig zu identifizieren, geschweige denn es aus ihrem Blut herauszufiltern. Es schien sich auch nur sehr langsam wieder abzubauen.

Die Augäpfel der Beamtin bewegten sich hinter den geschlossenen Lidern. Im Traum erlebte die Frau Abenteuer von einer Exotik und Farbenpracht, wie sie sie in ihrem ganzen Leben noch nicht gesehen hatte.

Ihre Umgebung kam ihr vertraut vor – und doch ganz anders als auf der Erde. Es waren vor allem die Farbtöne, die die Landschaft ringsum so fremdartig machten. Da gab es tiefrote bis violette Graslandschaften, dazwischen Berge, die aus funkelndem Kristall zu bestehen schienen, und über allem ein fast purpurner Himmel.

Bizarre, knorrige Riesen bewegten sich auf ihren mächtigen unteren Extremitäten langsam und gemessen durch die paradiesische Landschaft. Sie selbst war Beobachterin und zugleich ein Teil ihrer Gemeinschaft. Ihr Körper fühlte sich schwer und ungewohnt massiv an. Unter der dicken, schartigen Hülle spürte sie ihre Lebenssäfte gemächlich auf- und abpumpen.

Wenn sich ihr, wie in Zeitlupe, ein anderes Wesen näherte, berührten sie sich gegenseitig mit ihren oberen, stark verzweigten Gliedmaßen, die an den Spitzen überaus empfindlich waren. Diese Begegnungen kamen ihr jedes Mal wie eine kleine Ewigkeit vor. Es wurden dabei zwar keine Worte gewechselt – dennoch fand ein intensiver Austausch statt. Durch die Berührung erhielt sie, wenn auch stets mit einer langen Verzögerung, einen tiefen Einblick in die Erfahrungen ihres jeweiligen Gegenübers, in seine Gedanken und seine reiche Gefühlswelt.

Auf Eva Heindls Mund lag ein zufriedenes Lächeln, und ihre Gesichtszüge waren entspannt. Denn sie spürte keine Angst. Im Gegenteil: Noch nie hatte sie so viel Schönheit und Harmonie erlebt.

*

Richard Loewe hatte den ganzen Nachmittag und den halben Abend damit zugebracht, im Klinikum eine Genehmigung zu erwirken, die verletzten Beamten zu sehen.

Vergeblich.

Einer der Schwestern hatte er wohl leidgetan. Sie war als Einzige dazu bereit gewesen, ihm ein paar Informationen über den Zustand der streng abgeschirmten Patienten zu geben. Es war nichts Neues, aber er konnte ihre Angaben für den Artikel, den er auf der Basis von Reiters Übersetzungen schrieb, benutzen.

Als er mit seinem Text schließlich zufrieden war, hatte die Kirchturmuhr in der Nähe seiner Wohnung längst Mitternacht geschlagen.

Übernächtigt nahm der Journalist seine Hände von der Tastatur und massierte sich mit Daumen und Zeigefinger der Rechten die schmerzenden Augen.

»Die Wahren«, murmelte er, ohne sich dessen bewusst zu sein. Seit er Reiters Aufzeichnungen gelesen hatte, wollte er wissen, wie die Außerirdischen aussahen und wie sie miteinander kommunizierten.

Leider würden diese Fragen wohl unbeantwortet bleiben. Alois Mader hatte man – vermutlich mit Geld – zum Schweigen gebracht. Wenn er dem Landwirt glauben sollte, hatten die beiden Polizisten, die zuerst vor Ort gewesen waren, die Aliens nicht einmal erkannt, als sie an ihnen vorbeigelaufen waren. Und an die SEK-Mitglieder, die im Klinikum lagen, kam er nicht heran.

Der Redakteur seufzte. Selbst wenn sie wieder aufwachten, würde man sicher dafür sorgen, dass sie nicht mit der Presse redeten.

Die einzige Möglichkeit, zumindest indirekt etwas über das Äußere der Aliens in Erfahrung zu bringen, war der »Wahre«, den sie außerhalb ihres Raumschiffs getroffen hatten. Also rief Loewe noch einmal die Bilder auf, die sein Kollege Grass vor einigen Wochen rund um den Bergheimer Hof gemacht hatte, und betrachtete konzentriert eines nach dem anderen. Aber so viel er die Fotos auch ein- und wieder auszoomte: Auf keinem von ihnen war ein Außerirdischer zu entdecken.

Der Redakteur blieb schließlich bei den Bildern hängen, die Grass für den Aufmacher des Artikels geschossen hatte. Auch wenn der Landwirt auf ihnen stets im Vordergrund stand, gestatteten sie Loewe doch einen Blick auf den Hof und die nähere Umgebung.

Eines der Fotos studierte er besonders aufmerksam. Sie hatten es bei der Auswahl schnell verworfen, weil Mader nur halb im Bild war. Dafür zeigte es die einzelnen Gebäude, den kleinen Innenhof und das Gelände zwischen dem Stall und den Maisfeldern in voller Schärfe.

Doch da stand nur eine alte, knorrige Kastanie.

NACHTSCHICHT

Aufmerksam suchte sie mit den Augen die Winkel zwischen den alten Häusern ab, deren Fronten unterschiedlich weit auf den schmalen Gehsteig hinausragten.

Irgendwie war Miriam Hanna auf ihrer nächtlichen Streife in diese Gasse geraten, deren schwache Beleuchtung bei weitem nicht ausreichte, ihr ein Gefühl von Sicherheit zu vermitteln. Umso mehr beeilte sie sich, wieder auf eine hellere Straße zu gelangen.

Vor ihr tauchte aus der Finsternis ein schwarzes Fellknäuel auf. Es lag auf dem nassen Asphalt und schien sich nicht zu bewegen. Im ersten Augenblick war die Frau alarmiert. Als sie sich dem Knäuel jedoch langsam näherte, erwies es sich als ein toter Hund.

Verfluchtes Gift!, dachte sie. Der Regen enthielt immer noch viel zu viel davon.

Nachdem bereits über 20 Kinder an verseuchtem Leitungswasser gestorben waren, wurde mittlerweile in ganz Europa nur noch biochemisch gereinigtes Wasser konsumiert. Der Hund musste aus einer Pfütze getrunken haben. Aus eigener Anschauung wusste Hanna, dass Tiere, die ungefiltertes Süßwasser zu sich nahmen, innerhalb weniger Stunden von starken Krämpfen geschüttelt wurden und verendeten.

Mit ihren schweren Stiefeln schob sie den in sich zusammengefallenen Körper zur Seite.

Ein schwacher Nieselregen hatte eingesetzt, dessen feine Tropfen sich in dunstigen Schleiern über die ganze Stadt legten. Darum klappte sie vorsichtshalber das Visier vor die Augen und streifte die Schutzhandschuhe über ihre vernarbten Hände. Sie hasste es zwar, das Sichtfeld des

Helms zu schließen, weil sie das feuchte Plexiglas ständig abwischen musste. Aber diese Sicherheitsmaßnahme war – wie der beschichtete Schutzanzug – notwendig, und es gab entsprechende Vorschriften seitens ihrer Dienststelle.

Links und rechts von ihr ragten nackte, farblose Häuserfronten in den Nachthimmel auf. In vielen von ihnen war eine monotone Fensterreihe über die andere geschichtet, als besäßen sie Dutzende von blinden Augen. Nur hinter einigen wenigen Scheiben brannten um diese Uhrzeit noch vereinzelte Lichter.

Als sie die nächste Hauptstraße erreichte, floss das Wasser bereits in schmalen Rinnsalen an den Fassaden auf die Gehsteige herunter. Es suchte sich seinen Weg durch den rissigen Asphalt und gurgelte leise in die unterirdische Kanalisation hinein.

Hanna schlug erneut eine Querstraße ein, in der die Beleuchtung zum Glück fast ausnahmslos funktionierte. Ein Auto lag hier auf der Seite an einer Hauswand, zwei Räder hoch in der Luft, verbeult und leer. Im schwachen Licht der Helmleuchte konnte sie erkennen, dass der Lack in großen Flächen herunterblätterte. Irgendjemand hatte es bereits aufgebrochen und sich an den Armaturen zu schaffen gemacht.

Die Streifengängerin begann unwillkürlich, eine traurige Melodie zu summen. Doch die Feuchtigkeit ihres Atems beschlug von innen den Plexiglasschirm, nahm ihr die Sicht, und deshalb verstummte sie wieder. Schließlich war es ihre Aufgabe, die Augen offen zu halten und zu suchen.

Außer einem Obdachlosen, der unter einem Regenschirm in einen Hauseingang saß, war Hanna noch keiner lebenden Seele begegnet. Bei diesem Wetter waren nicht einmal Nachttaxis unterwegs. Die Stille ringsum konnte sie beinahe vergessen lassen, dass sie sich im Zentrum einer

Großstadt bewegte. Es war, als durchwanderte sie eine Filmkulisse. Weil der Regen jedoch bereits seit Wochen anhielt, hatte sie sich inzwischen daran gewöhnt.

Was sie am meisten vermisste, war das unbeschwerte Geplapper und Lachen von Kindern. Aber die Tagschicht war Leuten wir ihr verschlossen. Von Michael Robart, ihrem Schichtleiter, wusste Hanna, dass die meisten Eltern ihre Kinder ohnehin kaum noch aus dem Haus ließen. Seine Frau zum Beispiel hatte schlicht und einfach Angst, dass ihrem gemeinsamen Sohn etwas passierte.

»Darum hängt er nach der Schule meistens missmutig in der Wohnung herum und weiß nichts mit sich anzufangen, außer Online-Games zu spielen«, hatte Robart ihr kürzlich erzählt.

Von ihm erfuhr Hanna noch am meisten darüber, wie sich das Leben »draußen« veränderte. Eine seiner größten Sorgen war es, dass immer mehr Menschen ihre Wohnung kaum noch verließen. »Die müssen sich zu Hause doch wie in einem Gefängnis vorkommen.« Diesen Satz hatte sie schon oft von ihm gehört. Dazu kam der Verlust von Annehmlichkeiten, die man früher für selbstverständlich gehalten hatte. Neben dem anhaltenden »Scheißwetter« und dem Trinkwasserproblem kam es zum Beispiel immer häufiger zu Stromausfällen, weil die Kraftwerke einfach nicht genug Kapazitäten hatten, um alle Unternehmen, Behörden und Haushalte dauerhaft zu versorgen.

»Seien Sie froh, dass Sie das alles nicht mitkriegen!«, hatte er erst vorgestern gemeint. »Die Stimmung in der Stadt ist echt auf dem Tiefpunkt, und die Leute werden immer aggressiver. Die Polizei ist rund um die Uhr unterwegs: Schlägereien, Diebstähle, all so was. Sie können es sich vorstellen. Und dann gibt es natürlich noch die, die ihren Frust innerhalb der Familie austoben.«

Hanna hatte keinen Grund, ihm nicht zu glauben. Sie konnte den Frust gut nachvollziehen. Sie war zwar ein »Landei«, wie Robart sie gerne nannte, aber »gleich hinterm Deich«, wo der Hof ihrer Eltern lag, hatte schon die kleine Miriam die Auswirkungen des Klimawandels erfahren, etwa die permanenten Regenfälle, die orkanartigen Stürme und die Sturmfluten. Die verschmutzten Böden und Meere hatte sie vermutlich sogar direkter erlebt als der Schichtleiter, der ihres Wissens in der Stadt groß geworden war.

Alles geht den Bach runter, und jeder kriegt es mit, dachte sie. *Vielleicht wird es Zeit, dass wir Platz machen für eine andere Lebensform, die sich in diesem Dreck wohlfühlt.*

Der nächtliche Streifendienst trug nicht dazu bei, ihr den Pessimismus zu nehmen. Denn ihr Weg war seit mehreren Nächten von toten Tauben gesäumt. Sie fielen den ganzen Tag über von den Dächern, Balkonen und Hochspannungsleitungen herab, auf denen sie sich versammelten, und bildeten hässliche Flecke auf dem grauen Asphalt. Der Hundekadaver, den sie grade gefunden hatte, war nur die Spitze des Eisbergs.

»Das konnte doch niemand absehen«, wurden die Vertreter der Regierungsparteien wie auch die des großen Chemiekonzerns nicht müde zu betonen. Ihr Ziel wäre es lediglich gewesen, das »Ungeziefer«, das sich in den letzten Jahren vor allem in den Großstädten zu einer echten Bedrohung entwickelt hatte, durch den neuen Giftstoff endlich vernichten zu können.

Natürlich hatte das Mittel hierzulande sämtliche Risikobewertungen und Zulassungsverfahren der zuständigen Bundesanstalten und Ämter durchlaufen. Doch keiner hatte damit gerechnet, wie lange das Biozid in der Umwelt verbleiben, wie schnell es sich ausbreiten und vor allem wie es mit anderen Umweltgiften reagieren würde.

Nun griffen die neu entstandenen Giftstoffe einfach alles an: Tiere, Pflanzen, Kunststoffe und Metalle.

Hanna betrachtete für einen Augenblick die glitzernden Tropfen auf ihrem Schirm. Sie versuchte, sie sich als eine giftige Mixtur vorzustellen – und erschauderte.

Sie erinnerte sich noch gut an die Zustände vor dem ersten großflächigen Einsatz des neuen Biozids. Damals hatte sie – als Neuling in diesem Job – jederzeit damit zu rechnen gehabt, auf ihrer Streife aus einer dunklen Ecke heraus angefallen zu werden und nicht mehr rechtzeitig weglaufen zu können. Genau das war ihrer Vorgängerin passiert, wie Robart ihr gleich beim ersten Mal eröffnet hatte.

Seit dem Gifteinsatz war so etwas zum Glück nie wieder passiert, weder ihr noch einer der Kolleginnen.

Das hieß nicht, dass ihre Arbeit weniger wichtig war. Hanna wusste, dass sie damit zur Sicherheit der Stadt und ihrer Bewohner beitrug. Insofern erfüllte der Job sie mit Zufriedenheit und Stolz.

Dass man sie unbewaffnet auf Streife schickte, hatte natürlich einen anderen Grund. Sie war ein Sträfling, wie die anderen, die nachts Dienst schoben, auch. Miriam Hanna, bewaffneter Raubüberfall, sechs Jahre ohne Bewährung. Das Frauengefängnis lag nicht weit von hier, im Westen der Stadt. Die Frauen, die sich freiwillig meldeten, erhielten für je zwei Einsätze einen Straferlass von einer Woche. Die Stadt hatte dieses Arrangement mit den zuständigen Stellen ausgehandelt, weil sich niemand anderes mehr fand, der die Risiken, die der Job mit sich brachte, auf sich nehmen wollte.

Alles geht den Bach runter, dachte sie erneut. *Und weil sie das einfach nicht glauben wollen, schicken sie Leute wie uns hinaus, die möglichst wenig finden sollen, das ihnen das Gegenteil beweist.*

Am Schultergurt blitzte ein rotes Lämpchen auf.

Hanna stieß erleichtert die Luft aus der Nase. Normalerweise bedeutete dieses Signal, dass sie in die Zentrale zurückkehren sollte, wo bereits ein neuer Freiwilliger auf Anzug, Helm, Stiefel und Handschuhe warten würde. Dieser Wechsel war ihr von den Einsätzen der letzten Wochen vertraut. Sie freute sich auf die halbe Stunde, die sie anschließend in den geheizten Räumen verbringen würde, bevor sie von dort wieder abholte.

Bei diesem Gedanken lachte sie kurz auf. Dann tippte sie mit dem behandschuhten Zeigefinger auf den Sensor an der rechten Seite ihres Helms, der die Funkverbindung aktivierte.

»Nummer 31. Alles okay. Nichts zu sehen. Hätte mich aber auch gewundert. Die Straßen sind wie ausgestorben.«

Sie beschrieb die Lage des Autowracks und des verendeten Tiers.

»Dann kommen Sie mal wieder nach Hause«, meldete sich Michael Robarts rauchiger Bass aus dem Helmmikrofon.

Hanna fuhr ein angenehmer kleiner Schauder über den Rücken, wie eigentlich immer, wenn sie seine Stimme hörte. Sie mochte ihren Schichtleiter, vielleicht sogar mehr, als sie sich selbst eingestehen wollte. Im Nachhinein ärgerte es sie ein wenig, dass sie sich nicht schon früher gemeldet hatte. Es war nämlich immer sehr angenehm, sich mit Robart über Funk zu unterhalten.

Natürlich war sie sich bewusst, dass man den gut aussehenden Mann auch deshalb als Schichtleiter eingesetzt hatte, da er den weiblichen Strafgefangenen einen zusätzlichen Anreiz zum Streifengang gab. Dennoch hatte sie den Eindruck gewonnen, dass Robart sie nicht nur als Menschen respektierte, sondern ihr auch echte Sympathie entgegenbrachte, die er mit jedem Wort und jeder seiner Gesten ausstrahlte.

Vielleicht würde sie sich nach ihrer Entlassung auch einmal privat mit ihm treffen können. Sie war geduldig, und sie konnte warten. Mit dieser Streife, der zweiten innerhalb von drei Tagen, verkürzte sie die Haft um eine weitere Woche. Schon bald wäre sie wieder auf freiem Fuß.

»Seien Sie vorsichtig, wenn Sie zurückkommen, Miriam«, sagte Robart eindringlich. Seine Stimme klang besorgt. »In Ihrem Viertel sind letzte Woche drei junge Männer verschwunden. Bisher ist keiner von ihnen wieder aufgetaucht.«

Hanna meinte, sich zu erinnern, dass in der Umkleidekabine von diesem Vorfall die Rede gewesen war. »Was heißt das genau: ›verschwunden‹?«, hakte sie nach.

»Die Polizei war ihnen auf den Fersen. Verdacht auf Einbruch«, antwortete Robart.

»Dann wundert's mich nicht.«

Er schien kurz nachzudenken. »Wer weiß«, meinte er dann. »Passen Sie auf alle Fälle auf sich auf.«

»Werd' ich. Aber hier ist wirklich alles tot!«, versicherte Hanna dem Schichtleiter. Dabei klappte sie ihren Plexiglasschirm hoch, um sich selbst noch einmal von dem Gesagten zu überzeugen. Doch es war wirklich nichts Außergewöhnliches zu sehen oder zu hören.

»Ich mache mich jetzt auf den Rückweg. Haben Sie vielleicht noch eine Tasse Kaffee für mich übrig?«

»Natürlich«, antwortete er.

»Schön. Dann bis gleich.«

Er ließ das Lämpchen aus der Ferne dreimal aufleuchten, woraufhin sie lächelnd erneut auf den Sensor tippte und die Verbindung unterbrach. »Ich freu' mich schon«, murmelte sie.

Mit Erleichterung stellte die Streifengängerin fest, dass der Regen ein wenig nachgelassen hatte. Abgesehen von dem leisen Plätschern tausender vereinzelter Tropfen, die von den Dachrinnen und Fensterbänken in die Pfützen herunterfielen, blieb ihre Umgebung auch weiterhin ruhig.

Für die Menschen in der Stadt musste diese Stille einen großen Fortschritt darstellen, dachte sie bei sich. Das Gift schien dem Ungeziefer endlich den Garaus gemacht zu haben. So erfüllte der Vernichtungsfeldzug, von seinen Nebenwirkungen einmal abgesehen, letzten Endes doch noch seinen eigentlichen Zweck.

Auf dem Rückweg fingerte sie im Gehen ein Päckchen Zigaretten aus der Tasche, zündete sich eine an und inhalierte einige Male tief. Und als sie das vertraute Kribbeln in Armen und Beinen spürte, musste sie grinsen. Heute konnte sie wirklich zufrieden sein.

Kurz darauf passierte sie die schmale Gasse, in der sie den Hund gefunden hatte, ein zweites Mal. Der Kadaver war verschwunden, was sie wunderte. Stattdessen fiel etwa auf halber Strecke ein Lichtband auf den feuchten Asphalt, das vorher nicht dagewesen war. Es kam aus dem zweiten Stock eines schmalen Hauses. Sie sah Gesichter, die von oben auf sie herabstarrten und in denen sie eine Mischung aus Misstrauen und Bewunderung zu lesen meinte.

Hatten die Bewohner das nasse Fellbündel beseitigt? Sie konnte sich das eigentlich nicht vorstellen.

Hanna unterdrückte das plötzliche Bedürfnis, ihnen zuzuwinken, und schlenderte stattdessen weiter. *Du bist einfach zu lange isoliert gewesen, um in so einer Alltagssituation normal zu reagieren,* sagte sie sich in Gedanken.

Als sie sich nach ein paar Schritten noch einmal umdrehte, waren die Gesichter verschwunden und die Vorhänge wieder zugezogen.

Keine zehn Meter weiter stieß sie im schwachen Schein der Helmleuchte plötzlich auf ein kreisrundes, schwarzes Loch in der Straßendecke. Der Kanaldeckel, der es eigentlich verschließen sollte, lag direkt daneben.

Sie blieb wie angewurzelt stehen, runzelte nachdenklich die Stirn, blickte sich unentschlossen um und überlegte wieder. Aber sie konnte sich auf ihre Entdeckung keinen Reim machen. War es möglich, dass sie den Einstieg vorhin übersehen hatte? Oder sollte jemand den Kanal während der letzten Stunde geöffnet haben? Aber warum?

Schließlich schnippte sie die angerauchte Zigarette zur Seite und stellte mit einem Fluch die Funkverbindung zur Einsatzzentrale her.

»Hanna hier, Nummer 31.«

Robart meldete sich augenblicklich. »Ja, ich höre Sie, Miriam? Was ist los?«

»Hallo Mike. Bleiben Sie bitte mal auf Empfang! Ich habe da einen offenen Kanalschacht gefunden und will mir das näher ansehen.«

Bei diesen Worten stellte sie die Helmleuchte auf höchste Intensität und spähte vorsichtig in die Tiefe hinunter. Doch dort unten, zumindest in der Nähe der rostigen Leiter, war nichts Ungewöhnliches auszumachen.

»Ich weiß nicht recht. Von hier sehe ich gar nichts. Ich steige lieber mal ’runter.« Sie warf einen weiteren prüfenden Blick in den Schacht und unterbrach die Verbindung schnell, bevor Robart auch nur ein Wort erwidern konnte. Wahrscheinlich hätte er es ihr strikt verboten, irgendetwas ohne Verstärkung zu unternehmen.

Bewusst ignorierte sie das Aufleuchten der kleinen Lampe. Das rote Licht an ihrem Schultergurt schien sie geradezu anzubrüllen.

Natürlich war sie sich darüber im Klaren, dass sie leichtsinnig handelte. Andererseits kannte sie die Trägheit ihrer Dienststelle, die schon oft wichtigen Hinweisen ihrer Kolleginnen gar nicht oder erst viel zu spät nachgegangen war. Aus diesem Grund räumten die Schichtleiter der Nachtstreife in der Regel eine gewisse Eigenmächtigkeit ein, die natürlich nur inoffiziell gebilligt wurde.

Vorsichtig stieg sie die kleine Leiter hinunter, bis sie auf den feuchten Steinen am Grund des Kanals stand.

Dann verharrte sie eine Weile und horchte in die Dunkelheit hinein. Doch außer dem leisen Plätschern und Gurgeln der kleinen Wasserströme war kein verdächtiges Geräusch zu hören.

Kurzentschlossen drang Hanna tiefer in das Tunnelsystem ein. Der grelle Lichtkegel ihrer Leuchte durchstach die kalte Finsternis und wies ihr den Weg. Auf diese Weise gelangte sie zu einem Hauptkanal, in dem sich eine penetrant riechende Kloake gebildet hatte. Hanna würgte einen Brechreiz hinunter und zwang sich zum Weitergehen.

Angestrengt suchte sie zwischen dem treibenden Papier, dem flockigen Schaum, den Dosen, Flaschen und Fäkalien nach irgendeinem Hinweis, den sie, wenn sie darüber nachdachte, doch nicht wirklich zu finden hoffte.

Schließlich erreichte sie eine weitere Abzweigung, bei der sie sich nach rechts wandte – und prallte zurück. Ein leiser Aufschrei entfuhr ihrer Kehle, als sie in dem Kanal, der parallel zu ihrem Einstieg verlief, auf einen nackten Oberarm stieß.

Als sie den Kopf drehte und der Lichtkegel tiefer in den Kanal hineinfiel, starrten sie weiter hinten aus dem flachen Wasser tote, leere Augenhöhlen an.

Hanna brachte es nicht fertig, sich abzuwenden. Das Blut rauschte ihr in den Ohren, und sie fühlte, wie ihr der kalte Schweiß ausbrach.

172

Sie hatte sofort begriffen, dass sie hier wahrscheinlich auf die Leichen der Vermissten gestoßen war. Der schmale Kanal, in dem sie kaum aufrecht stehen konnte, barg die Körper von mindestens zwei Personen. Das schloss sie aus den beiden fahlen Schädeln, die sie deutlich erkennen konnte. Außerdem zählte sie mehrere Rümpfe und mindestens fünf verschiedene Gliedmaßen, von denen zum Teil nur noch die Knochen übrig waren. Rundherum schwammen die Reste von Kleidungsstücken.

Über der ganzen Szene lag der Geruch von Tod und Verwesung.

Hastig und ungeschickt tastete sie nach dem Funksensor. »Hier Nummer 31. Meldung von Hanna!« Der Klang ihrer eigenen Stimme gab ihr bereits ein wenig von dem Mut zurück, den sie vor ein paar Minuten mit herunter gebracht hatte.

»Mike, hören Sie mich?«, rief sie.

Aber da war nur ein Rauschen.

In ihrer Aufregung plapperte sie einfach weiter: »Hören Sie zu. Ich weiß nicht, was hier los war, aber ich denke, ich habe die Leute gefunden, die die Polizei sucht. Sie sind schrecklich zugerichtet. Es klingt sicher total verrückt, aber ich glaube fast, dass sie ... He!«

Ein kurzer Stoß an ihren linken Stiefel ließ sie zurückschrecken.

Hanna fluchte. Sie hatte im Reflex das Bein angehoben, und nur auf einem balancierend gelang es ihr nicht sofort, die Helmleuchte auf die Stelle am Boden des Kanals zu richten, wo sie etwas am Knöchel getroffen hatte.

Aber da war nichts! Narrten sie schon ihre überreizten Nerven?

Nein! Das kann nicht sein!, schrie es in ihr. Denn plötzlich war ihr bewusst geworden, dass sich die Geräuschkulisse dieser unterirdischen Welt verändert hatte, seitdem sie zuletzt rechts abgebogen war. Während sie im Kanalsystem anfangs nur das permanente Tropfen von den Wänden und Decken gehört hatte, vernahm sie jetzt deutlich ein Fiepsen und Fauchen, das rundherum aus zahlreichen kleinen Kehlen zu kommen schien.

War sie denn taub gewesen?

Dann konnte Hanna sie sehen: kleine pelzbedeckte Körper mit funkelnden schwarzen Knopfaugen und erregt vibrierenden Schnurrhaaren, ein Gewimmel winziger Füße, die in dem dunklen Wasser umhersprangen, zwischen den toten Körpern und den Abfällen hindurchhuschten und wie auf ein geheimes Signal hin auf sie zu rannten.

Gelbbraune, kurzschwänzige Ratten!

Als sich die ersten ihren Beinen näherten, wandte sich Hanna um und rannte davon.

Die Helmleuchte wurde zu einem zuckenden Irrlicht an den feuchten Wänden, das drohte, sie aus dem Gleichgewicht zu bringen. Noch dazu war der feuchte Grund, auf dem sie lief, spiegelglatt. Darum konzentrierte sie sich darauf, bloß nicht auszurutschen.

Mehrmals stieß sie mit den Schultern gegen eine der Seitenwände des Tunnels, strauchelte sogar, doch fing sich zum Glück sofort wieder.

Für einen kurzen Augenblick packte sie die Furcht, sich in dem Kanalsystem verlaufen zu haben, falsch abgebogen zu sein. Aber kurz darauf sah sie auch schon die schmale Leiter, die sie für den Einstieg benutzt hatte.

Die gehetzte Frau taumelte gegen die rostigen Sprossen. Dabei stolperte sie beinahe über den Körper einer besonders großen Ratte, die direkt neben der Leiter saß und ihr fauchend die spitze Schnauze entgegenreckte. Obwohl sich der Griff des kleinen, mit spitzen Zähnen besetzten Kiefers schmerzhaft um ihre linke Wade schloss, kletterte sie hastig hinauf, der Kanalöffnung entgegen.

Als Hanna von oben hinabblickte, wimmelte es unter ihr vor den gelbbraunen Tieren. Erst jetzt, da sie hoch genug über ihnen stand, besann sie sich ihres Beins. Sie trat so lange mit dem schweren Stiefel gegen den Leib der Ratte, die sich in den Stoff der Hose gekrallt hatte, bis diese endlich in das flache Wasser hinunter fiel.

Hanna holte tief Luft und versuchte, sich zu beruhigen.

Im Kanal befanden sich jetzt mindestens einhundert der aggressiven Nager. Sie drängten sich geradezu um die Holme am Fuß der Leiter und starrten zu ihr herauf. In den Augen der Tiere lag ein intelligenter Ausdruck, der die Frau tiefer erschreckte als der Angriff selbst.

Bei diesen Ratten musste es sich um eine Population handeln, die gegen das großflächig eingesetzte Gift resistent war, erkannte Hanna. Alles war umsonst gewesen. Es konnte nicht lange dauern, und sie würden die Städte erneut terrorisieren, genau so, wie sie es vor ein paar Jahren schon einmal getan hatten. Niemand würde vor ihnen sicher sein.

»Aber mich kriegt ihr nicht!«, rief sie den Tieren unter ihr trotzig zu.

Das Adrenalin in ihrem Blutkreislauf gab ihr neue Kraft. Während sie mit den Füßen nach Halt tastete, hangelte sie sich die letzten fünf, sechs Sprossen hoch und hob die Arme. Sie griff über die Öffnung hinaus, stützte sich mit beiden Händen links und rechts ab ...

... und wurde erneut gebissen.

Sie waren auch oben!

»Verfluchte Scheiße!«, schrie sie und zog die verletzte Hand zurück. Für einen Moment verlor sie sogar den Halt auf dem feuchten Metall.

Hanna fluchte weiter. Der Regen war in die Bisswunde an ihrer Handkante eingedrungen; sie glühte, als hätte sie sich verbrüht. Als sie nach oben blickte, trafen auch noch ein paar Wassertropfen ihre ungeschützten Augen, und sie begannen sofort zu brennen.

Hanna gab nicht auf. Sie wollte leben. Sie musste hier raus, um ...

Von einem panischen Schrecken gepackt, aktivierte sie den Funk. »Mike? Sind Sie da?«, rief sie. »Hier sind Ratten! Hunderte! Hören Sie? Das Gift wirkt nicht! Sie sind dagegen resistent! Sie haben überlebt!«

Das wäre erledigt, sagte sie zu sich selbst. Sie hatte ihre Pflicht getan.

»Ich bin am Ende, Mike«, fuhr sie leiser fort. »Hilf mir bitte hier raus. Bitte ... hilf mir.«

Von oben sprangen fauchend zwei kleine Fellknäuel auf sie herab. Sie versuchte, die Ratten abzuschütteln, aber die Tiere klammerten sich am Schutzanzug fest.

Hanna spürte, wie ihre Kräfte sie verließen. Sie konnte hier nicht länger bleiben!

Mit letzter Kraft zog sie sich über den Rand der Einstiegsöffnung. Irgendwie gelang es ihr sogar, die Nager auf den Schultern abzustreifen und auf die Beine zu kommen.

Wozu die ganze Mühe?, fragte eine zweifelnde Stimme, die tief aus ihrem Inneren zu kommen schien.

Doch Hanna ignorierte sie. Ihr Überlebenswille war stärker.

Sie humpelte die Gasse in Richtung der Hauptstraße hinunter, mit Tränen in den Augen und Schmerzen in der Hand und der Wade.

»Alles geht den Bach runter«, schimpfte sie. Ihr bitteres Lachen verlor sich in den dunklen Winkeln zwischen den hohen Häusern.

Eine halbe Stunde später fand das mit Flammenwerfern und Schrotflinten bewaffnete Einsatzteam sie nicht weit von der Einfahrt zur Gasse. Sie saß völlig durchnässt auf der obersten Stufe eines Hauseingangs und war nicht ansprechbar.

Als Robart sie zu seinem Wagen führte, hatten die ersten Männer bereits den Grund des Kanals erreicht und schauten sich suchend um.

Doch die Ratten waren klug genug, um längst wieder verschwunden zu sein.

NACHWORT

Wenn Ihnen die Erzählungen in diesem Buch gefallen haben, dann vielleicht deshalb, weil Sie sie spannend fanden, weil das jeweilige Umfeld der Hauptfiguren stimmig dargestellt ist oder weil Ihnen Lisa Ressler, Grendel, Stefan, Richard Loewe und Miriam Hanna »nahe gekommen« sind und Sie sie bei der Lektüre gerne ein Stück ihres Weges begleitet haben.

Vielleicht gefallen Ihnen an diesen Geschichten auch ihre Bezüge zu unserer Gegenwart, also zu der Welt, in der Sie und ich leben. Dieser Aspekt ist natürlich kein Muss für eine gelungene Science-Fiction-Story. Doch in meinen Geschichten sind die Fehler und Missstände im Hier und Heute in der Regel die Basis, auf der das weitere Geschehen aufbaut.

Meine Protagonisten sind – egal ob in der nahen oder ferneren Zukunft – mit den Folgen dessen konfrontiert, was in ihrer Vergangenheit, also unserer Gegenwart, schiefgelaufen ist. In *43 Meter* lassen die Staatsführer der Atommächte lokale Konflikte bis zum Einsatz von Massenvernichtungswaffen eskalieren. In *Schneekönig* stellt die Politik ihr Eigeninteresse vor das eigentlich wichtigere Ziel, nämlich etwas gegen die Abkühlung der unteren Erdatmosphäre zu unternehmen. In der Titelgeschichte *Überlebensprogramm* droht ein im Labor erschaffenes Virus, die Menschheit komplett auszulöschen. In *Erstkontakt* vernichten die Behörden die ersten außerirdischen Besucher, weil sie diese nicht verstehen und als eine Bedrohung ansehen. In *Nachtschicht* hat ein Biozid unerwartete Langzeitfolgen, die den Auswirkungen des Klimawandels und der Umweltverschmutzung in Europa sozusagen die Krone aufsetzen.

Die meisten dieser Geschichten schildern, wie einzelne Menschen auf die missliche Lage reagieren, in der sie stecken, und wie sie mit den Herausforderungen umgehen, die sich ihnen stellen. Kurz: wie ihr persönliches »Überlebensprogramm« aussieht.

Man könnte aus den Erzählungen in diesem Buch den Schluss ziehen, dass meine Weltsicht sehr pessimistisch ist. Dabei liegt mir nichts ferner, als meine Leserinnen und Leser mit Klagen über die »menschliche Natur« oder über das kurzsichtige Handeln von Politikern und Konzernen zu langweilen. Indem diese Geschichten zeigen, welche Auswirkungen die (meist menschengemachten) Katastrophen auf den Einzelnen haben, sind sie vielmehr als eine Warnung, zumindest aber als ein Denkanstoß zu verstehen. Als Autor verbinde ich damit die Hoffnung, dass sich die Gefahren noch abwenden lassen und dass nichts von dem, was ich geschrieben habe, jemals eintreten wird.

Die Entstehungsgeschichte der Storys in diesem Buch umfasst einen Zeitraum von mehr als 35 Jahren. Die Urfassungen von *43 Meter* und *Überlebensprogramm* habe ich schon in den frühen 1980er Jahren zu Papier gebracht. Zu jener Zeit gab es erste Science-Fiction-Anthologien, in denen auch deutsche Autoren publiziert wurden. Damals gelang es mir, die Herausgeber Herbert W. Franke und Wolfgang Jeschke, beide zugleich angesehene SF-Autoren, von meinen Geschichten zu überzeugen. So erschien die erste Fassung von *Überlebensprogramm* 1984 in der Reihe *Heyne Science Fiction & Fantasy*, in dem von Wolfgang Jeschke herausgegebenen Buch *Das Gewand der Nessa*.

Der Heyne Verlag erwarb auch die Abdruckrechte für *43 Meter* und *Nachtschicht*. Doch die Stories wurden nie publiziert. Der Boom der deutschen Science-Fiction war wieder vorbei – und der Platz in Anthologien begrenzt.

Bis Ende der 1980er Jahre habe ich viele Tagebücher gefüllt und hin und wieder sogar an einem Roman gearbeitet. Doch obwohl ich meinen Lebensunterhalt seit dem Studium vor allem mit Schreiben verdiente, fand ich kaum noch die Zeit, meinen literarischen Ambitionen nachzugehen.

Erst Jahrzehnte später, um Weihnachten 2017 herum, beschäftigte ich mich wieder mit meinen alten Aufzeichnungen. Den Anfang machten die Kurzgeschichten, die ich beim Aufräumen in einem Ordner fand und mit großem Vergnügen las. Danach durchstöberte ich die Tagebücher und die handschriftlichen Notizen zu meiner Romanidee. Sie bildeten später die Basis für das Buch *Land unter* ... Aber das ist eine andere Geschichte.

Zunächst kam ich 2017 auf die Idee, die Kurzgeschichten in einem Buch zu publizieren, und zwar zusammen mit später entstandenen Storys. Dazu habe ich die fünf Geschichten, die mir am besten gefielen, mit einigem Aufwand digitalisiert, um sie anschließend am Computer sprachlich und stilistisch überarbeiten zu können.

Doch damit war die Arbeit nicht getan. Vor allem die älteren Storys mussten inhaltlich aktualisiert werden. Denn die technische Entwicklung hatte meine Zukunftsentwürfe längst ein- oder sogar überholt. Außerdem sprang mir geradezu ins Auge, dass meine Hauptfiguren ausschließlich Männer waren. Ich fand das langweilig und unzeitgemäß. Diese Erkenntnis war die Geburtsstunde mehrerer weiblicher Charaktere, auf die ich im Nachhinein nicht mehr verzichten will. In *43 Meter* zum Beispiel traten Lisa Ressler und ihre Chefin Beller an die Stelle männlicher Vorläufer. Dadurch gewann die ganze Geschichte deutlich an Dynamik, nicht zuletzt weil Ressler von der früheren Hauptfigur auch gleich die Freundschaft zu Thierry Tomas und die Liebesbeziehung mit Molly Aldani übernahm.

Um die Geschichten runder und stimmiger zu machen, habe ich viel recherchiert und eine Menge neuer Details hineingebracht. Beispiele dafür sind die Ortsangaben in *Schneekönig* und die Beschreibung der »OceanOrbiter« in *43 Meter*. Letztere war in der Urfassung noch eine namenlose Unterwasserstation. In der hier vorliegenden Geschichte ist sie die fiktive Nachfolgerin des französischen »SeaOrbiter«-Projekts.

So sind aus den ursprünglichen Storys neue, ganz eigenständige Erzählungen entstanden.

Im März 2018 erschienen sie erstmals als Taschenbuch; ich hatte auf eigene Kosten eine kleine Auflage drucken lassen. Sie war überraschend schnell vergriffen. Ralf Boldt, damals stellvertretender Vorsitzender des *Science Fiction Club Deutschland e. V.*, hat mich ermutigt, bei BoD die vorliegende Neuausgabe zu veröffentlichen, die damit zugleich als E-Book erhältlich wurde. Seitdem habe ich die Storys mit jeder neuen Auflage überarbeitet und verbessert.

Viele Korrekturen gehen auf die Rückmeldungen aufmerksamer Leser zurück. Ich bedanke mich an dieser Stelle ganz herzlich für deren Lob und konstruktive Kritik.

Bedanken möchte ich mich auch bei meiner Frau, der Journalistin und Orientalistin Stefanie Schoene, und meiner Tochter Kathrin Rieken für ihre klugen Kommentare. Ein großes Dankeschön gebührt der Musikethnologin Evi Heigl, die in der ersten Neufassung zahlreiche Formulierungen gefunden hat, die einer Verbesserung und Präzisierung bedurften. Danke nicht zuletzt an Markus Müller, Lehrkraft an der Kolping Akademie in Augsburg, sowie an die Teilnehmerinnen und Teilnehmer seiner Kurse für ihre kritische Lektüre.

Augsburg im September 2021

Mehr von Dieter Rieken:

LAND UNTER

Herbst 2060: In Deutschland ist es heiß. Nach einem Anschlag auf die Deiche hat die Nordsee Teile des Landes überflutet. Der Staat ist pleite, die Wirtschaft stagniert, und Millionen müssen in prekären Jobs arbeiten.

Enno ist in seine Heimat nach Ostfriesland zurückgekehrt. Gemeinsam mit seinen Freunden Hose, Tine und Warner, dem alten Piet und der Schlepperkapitänin Chris lebt und arbeitet er in den Ruinen der überschwemmten Städte.

Eines Tages erfährt Enno von den Hintergründen des Anschlags. Dadurch gerät er ins Visier eines gewissenlosen Spekulanten und eines Berliner Clanchefs ...

p.machinery, Winnert, Juli 2020
Paperback: ISBN 978 3 95765 204 1, 246 S., € 14,90 (DE)
E-Book: ISBN 978 3 95765 886 9, ePUB, € 3,99 (DE)

Weitere Informationen auf der Webseite des Autors:
www.spbonline.de